바스티유 광장

LA PLACE DE LA BASTILLE
by Leon de Winter

First published in 1981 by In de Knipscheer, Amsterdam
Copyright ⓒ 2005 by Diogenes Verlag AG Zürich
Korean Translation Copyright ⓒ MUNHAKDONGNE Publishing Corp., 2010
All rights reserved.

This Korean edition is published by arrangement
with Diogenes Verlag AG through Shin Won Agency.

This publication was made possible with the financial support
from the Foundation for the Production and Translation of Dutch Literature.

이 책의 한국어판 저작권은 신원에이전시를 통해
Diogenes Verlag AG와 독점 계약한 (주)문학동네에 있습니다.
저작권법에 의해 한국 내에서 보호를 받는 저작물이므로
무단 전재와 무단 복제를 금합니다.

이 도서의 국립중앙도서관 출판시도서목록(CIP)은
e-CIP 홈페이지(http://www.nl.go.kr/cip.php)에서 이용하실 수 있습니다.
(CIP제어번호: CIP2009004166)

바스티유 광장
La Place de la Bastille

레온 드 빈터 장편소설 | 지명숙 옮김

문학동네

역사란 관례적인 우화에 불과하다.

드 퐁트넬(De Fontenelle, 1687~1757)

프롤로그

  그 무렵 나는 뭐든 닥치는 대로 시청했다. 저녁 내내 꼬박 시험 답안지 채점에 매달려 있는 동안, 한쪽에서는 밤에 볼 텔레비전 프로그램이 비디오로 녹화되고 있었다. 폭풍우가 내 눈 뒤에서 웬만큼 분노를 가라앉히고 나서도 나는 꼼짝 않고 수상기 앞에만 죽치고 앉아 있었고, 그다음에는 소파에 길게 누운 채 몇 시간이고 그렇게 소리 없는 꿈속을 헤매고 다녔다.
  역효과가 만만치 않기는 해도, 실상 학교에서 받았던 스트레스는 비디오 덕분에 누그러지는 편이었다. 나는 아침마다 자전거를 타고 시내 한가운데에 자리한 황폐한 신고전 양식의 건물로 향했다. 밤늦게 텔레비전에서 본 영상들은 출근길에 나의 앞머리에 와 부딪혔지만 묘하게도 뒷골을 지나 내부 깊숙이 파고들지 않은 채, 욱신거리는 눈두덩이 바로 위 눈썹에서 서성댔다. 그러고는 하루 일과를 보내면서 비디오의 영상과 음향은 차츰 희미해지다, 이윽고 피로의 안개 속으로 녹아 사라져버리곤 했다. 나는 혼미한 상태를 거치면서 차츰 가르치는 기계로 전락했다. 고막에서는 연신 바람 소리가 쏴쏴 울리고 눈은 햇살에 쩔려 욱신거렸지만, 나는 매시간 이 교실에서 저 교실로 로봇처럼 이동해 다니며 교과서적 지식을 막힘없이 술술 내뱉었다. 나는 의도적으로 육신을 망가뜨려 벼랑 끝으로 끌고 갔다. 나는 탈진한 육신 속에서 방황하고 싶었다, 고통 속으로 침몰해버리고 싶었다.

그리 오래전이 아님에도 왠지 까마득해 보이는 당시의 상황은 지난해 마지막 학기, 거의 육 개월 동안 계속되었다. 나를 둘러싼 사물이 죄다 해체되는 듯했고, 나는 벽을 깨부수고 밑바닥을 파헤치는 듯한 근본적인 회의에 빠져들었으며, 이유 없이 공황장애를 느끼곤 했다. 내 영혼은 어쩔 도리 없이 혼돈의 동굴 속으로 점점 더 깊숙이 파고들었다. 그리고 나를 둘러싼 공황상태는 독기를 내뿜으며 야금야금 내 영혼을 갉아먹고, 고뇌의 끝없는 심연을 겨냥했다.

방학일 전날 밤에는 날이 밝을 때까지 마라톤 경기를 시청하면서 종강을 자축했다. 새벽녘에 딸아이 둘이 내 무릎 위로 기어올라서 웅크리고 앉아 나와 함께 텔레비전을 보았는데, 그 꼴을 본 아내 미커가 야단을 쳐서 아이들을 방으로 들여보냈다. 아내는 한밤중에 내가 비디오 보는 소리를 듣긴 했지만 그건 내 일이니 알아서 하겠거니 놔뒀는데, 아이들에게까지 나쁜 영향을 끼쳐서야 되겠냐고 잔소리를 해댔다. 과거는 과거지사로 묻어버려야 한다고 그녀가 딱 잘라 말했다. 풍선처럼 부풀려진 문제들을 이제는 청산할 때가 되었다는 것이다. 나는 자리에서 일어나서 시간이 이렇게나 된 줄 몰랐다고 우물우물 몇 마디 더듬고는 현기증을 느끼며 침실로 가서 침대 위에 쓰러져 버렸다.

오후 늦게야 나는 잠에서 깼다. 꿈도 없이 깊었던 단잠 덕분에 머릿속이 개운했다. 시선이 무심코 베란다 문에 가 닿았다. 지난밤 침대에 눕기 전에 베란다 문까지 걸어간 기억이 없는 걸로 보아 그 문은 미커가 열어놓은 게 분명했다. 베란다 문은 전에 없이 조화로운 정취를 자아냈다. 열린 문들과 햇빛의 우연한 조화, 뒷마당의 커다란 느릅나무, 공교롭게도 침대 발치에 머리를 두고 누워 있는 내 자세가 만들어낸 구도가 퍽 조화롭고 회화적으로 보였다. 굳게 드리워진 레이스 커튼의 주름들 간격이 하얀 베란다 철 난간의 칸 간격과 정확히 일치해 왼쪽 레이스 커튼이 흔들릴 때면 그 조화로운 물결은 난간으로 퍼져

나가는 듯했고, 그렇게 쭉 흘러나가다가, 오른쪽 커튼 끄트머리에 이르러서야 마침내 멈추었다.

내가 자세를 바꿔, 베개 쪽으로 고개를 십 센티미터 정도 돌린다면, 당연히 관점도 달라질 것이라는 사실이 새삼 떠올랐다. 눈에 보이는 세계에 대한 해석은 관점에 따라 달라지기 마련이었다. 한눈에 봐도 일상적인 사건에 필연이니, 자유의지니, 의도니 하는 식으로 의미 부여하는 짓을 나는 병적으로 거부하다시피 해온 터였다. 그런데 지난밤에는 어쩌다 침대에 거꾸로 눕게 되었을까? 무엇이 나를, 밤마다 으레 누웠던 왼쪽이 아니라 오른쪽으로 가 쓰러져 자도록 하고, 잠에서 깼을 때 치밀한 구도의 형상들을 바라보도록 만들었을까? 내가 침대 머리 쪽으로 서서히 몸을 돌리자 형상들의 조화도 어그러졌다. 내가 자세를 바꿈에 따라 사각형 문이 각도를 달리함으로써 레이스 커튼 주름들과 난간의 칸들이 이루어냈던 정교한 리듬은 깨져버렸고, 방금 전까지 어려 있던 멋들어진 통일감 역시 사라지고 말았다. 이제 눈에 들어오는 것이라곤 베란다의 열린 두 문 사이로 즐비한 집들의 뒷모습뿐이었다. 일상의 적막함에 잠긴, 화창한 일요일 오후 햇볕 아래의 집들.

나는 일어나 거실로 걸어갔다. 친숙한 의자들, 탁자들, 색상들로 채워진 널찍하고 훤한 공간이 나를 맞았다. 나는 두툼한

〈폭스크란트〉지 토요일자 특별호를 한 장씩 뒤적이며 기사를 읽기 시작했으나 글의 앞뒤 문맥이 얼른 머리에 들어오지 않았다. 기사를 서너 차례 훑어본 다음 한 글자씩 정독해보려 애써봤지만 전혀 흥미롭지 않았다. 나는 신문을 팽개쳐놓고, 잠에서 깬 직후의 평화로운 공허를 갈구하며 주위를 두리번거렸다. 길이 내다보이는 창문 옆에 텔레비전이 있었고, 반짝반짝 빛나는 탁자 밑에는 어딘가 엄격해 보이는 형태의 비디오가, 그 옆 소박한 선반에는 비디오테이프 마흔일곱 개가 가지런히 정리되어 있었다. 밤마다 나는 비디오테이프를 마구잡이로 골라 들고 시시껄렁하고 구태의연한 영상을 보면서 불안을 견뎌냈다. 카우보이영화든, 쇼든, 아마존 지역 다큐멘터리든 상관없었다. 알코올중독자한테서나 볼 법한 중독 증세를 내가 보이고 있다는 사실이 어처구니없었다. 털끝만큼이라도 일이 틀어지면 무의식적인 제어장치가 와르르 무너져버리고 주변의 유혹들이 너울너울 춤을 춘다. 영상도 그와 같을까? 극적인 화면도? 영화도? 사진도?

　나는 서재로 도망쳤다. 미커에게 비디오 앞에 앉아 있는 내 꼬락서니를 더는 보이고 싶지 않았다. 손써볼 엄두가 나지 않을 만큼 뒤죽박죽인 종이 무더기는 책상 서랍과 오른쪽 책장에 처박아두었고, 납세 고지서며, 지불 독촉장, 서신, 메모 같은 온갖 잡동사니는 바람이 걷힌 뒤 심기가 잔잔해질 날을 기다리며 시선이 닿지 않는 곳에 놓아두었기에 책상 위는 아무것도 없이 텅 비어 있었다. 거기에 아내가 남긴 메모 하나가 올려져 있었다.

하나와 미르얌을 데리고 어머니께 다녀오려고 해요. 거기서 저녁도 먹고 올 참이라서 여덟시 반경에나 돌아올 거예요. 당신의 지금 생활을 정리하고, 부디 책을 끝내도록 하세요. 그게 지금 당신의 당면과제가 아니라 할지라도 말이에요. 그 일이 당신 부모님에게서 비롯됐다는 걸 알고 있어요. 실존 인물로서의 그분들에 관한 문제일 뿐만 아니라 어쩌면 그분들이 지닌 추상적 의미와도 관련된다는 점도, 책이 그런 배경에서 파생된 소산물이라는 점도. 일단 책을 완성하면, 자신의 일부를 하나씩 망가뜨리려 하는 경향도 줄어들 거예요. 혹시 자료가 더 필요하지는 않아요? 한 번 더 파리에 다녀와야 하는 건 아니에요? 충분히 시간을 갖도록 하세요. 피치 못할 경우에는 나 혼자서라도 애들을 데리고 제일란트로 내려가 있을 테니, 당신 혼자 집에서 작업해보도록 해요. 여보, 제발 부탁이에요. 내 제안을 한번 신중하게 생각해봐요. 미커가.

저녁에 아내와 아이들이 귀가하고 나서, 아이들 방에서 한동안 잡담을 나눈 후, 나는 아내에게 다시 한 번 파리에 다녀오고 싶다고 말했다. 아내는 묵묵히 고개를 끄덕이며 뒤이은 말을 기다렸으나, 나는 더이상 말하지 않았다. 책을 쓰기 위해서라는 거짓도 거짓이려니와, 그것을 흔연스레 입에 올리는 스스로의 천연덕스러움이 부끄러워서였다. 한마디만 더했다간 떨리고 수상쩍은 음성이 튀어나와 진상이 탄로 날 것 같았다. 그런데 기이한 것은 책을 쓰기 위해 파리에 다녀와야겠다고 둘러댄 이야기를 나 스스로도 믿기 시작했다는 것이었다. 다음 날 일요일, 나는 혼잡한 암굴 같은 책상 서랍 속에서 원고를 끄집어냈다. 그러고는 원고의 마지막 부분을 다시 훑어보며 특기할 사항을 적었고, 문제 해결을 위해 어떤 원본을 재조사해야 할지를 생각해내는 데 온 신경을 집중했다. 조만간 또다시 사료들을 접하고 누렇게 퇴색된 종잇장에서 풍기는 세월의 냄새를 맡을 수 있다는 생각에 새로운 용기가 샘솟는 것 같았다. 그러나 그건 자기기만에 지나지 않았다. 내가 파리에 간다면 휴가를 즐기러 몰려든 차량들이 내뿜는 매연만 실컷 들이켤 뿐, 도서관 내부는 아예 구경도 안 할 게 뻔했기 때문이다. 나는 다만 정신적 만족을 위해서, 뽀얗게 먼지가 내려앉은 고서와 필사본

틈바구니에서 출처 조사에 열을 올리며 무아지경에 빠진 연구자 흉내를 내고 있었다.

그러나 나는 그런 단계는 이미 오래전에 거쳤다.

1966년, 내가 처음으로 파리 국립도서관을 방문한 일은 혼란과 감격이 엇갈리며 뇌리에서 오랫동안 잊히지 않는 인상적인 사건이었다. 그 당시 나는 아직 학생 신분으로 논문을 쓰고 있었다. 잠깐 동안의 평범한 방문이었다는 점에 비춰 보면 분명 감정과잉 상태였다고 볼 수 있겠는데, 당시에 나는 눈물까지 글썽이면서 국립고문서관의 복도를 헤집고 다녔던 것이다. 그곳에는 종이, 잉크, 아마, 양피지 등에 쓰인 수만 권의 필사본과 수백만 권의 저서가 그 같은 자연적인 물질성에 어울리지 않게 맹위를 떨치고 있었다. 정돈되고 분류되어 결국 뒤안길로 사라져버린 과거가, 벅찰 만큼 무겁고 시커먼 그림자를 내게 둘러씌웠다. 내 등 뒤에 역사가 버티고 서서 나를 내려다보고 있었다. 제 아무리 안간힘을 다해도 무수한 책장을 꿰뚫고 그 형태를 파악해내기란 불가능했다. 그걸 좀 직시해볼 양으로 내가 고개를 홱 돌릴라치면 역사는 어렴풋한 제 형체를 책장들 뒤로 숨겨버리곤 했다.

이 낡아빠진 잡동사니, 먼지로 바스러진 쓰레기, 고리타분한 엉터리야! 나는 복도에 대고 속으로 악을 썼다. 너 따위는 내게 어림도 없어. 자 봐, 내가 여기 얼마나 당당하게 걸어가고 있는지를, 이렇게 나아가고 있는 내 모습을! 또 내가 너를 얼마나 경멸하고 있는지를 보란 말이다. 난 네게서 등을 돌리고 서서 너의 위력을 비웃고 있다고!

나는 곧 현기증을 느꼈고, 속이 메슥거렸으며, 몸이 뻣뻣하게 굳은 채로 나 자신의 실없는 주문을 들었으며, 내 발소리가 되울리고 있는 벽 안에 다름 아닌 내가 갇혀 있음을 깨달았다. 길 잃은 아이처럼 흐느끼면서 나는 이 구체적인 은유로부터 탈출하고 싶었다. 이곳은 역사학자나 사회학자 들이 와서 그 진가를 발굴해주기만을 기다리고 있는 사료들을 쌓아둔 단순한 건물이 아니었다. 도심의 교통으로 인해 부식된 건물의 정면 그 뒤쪽에서 나의 삶까지도 옥죄고 좌지우지하는 광란이 도사리고 있는 곳이었다.

나는 두려움에 질려 허겁지겁 국립고문서관을 빠져나왔다. 센 강 강가를 따라 몇 시간이고 하염없이 걸은 뒤에야 나는 비로소 마음이 가라앉았으며, 어느새 오를리 공항을 향해 하강하는 비행기들이 가옥의 지붕을 스칠 듯이 지나는 도시 외곽의 주택단지 빌뇌브르루아에까지 이르게 되었다. 공항에서 채 일 킬로미터도 떨어지지 않은 레퓌블리크 거리에 있는 식당에서,

프롤로그 15

당시 나는 스물세 살이 되어서야 처음으로—유태인의 금기식인—돼지고기 한 덩이를 먹었다. 힘겹게 질질 끌고 다니던 짐 탓에 가벼운 근육통만 남은 상태로 나는 뭔가를 한사코 행동에 옮기고 말리라 벼르며, 나 자신이 자유로운 존재임을 반드시 증명해 보여야 한다고, 걸으면서 마음을 다진 터였다. 돼지고기를 먹는다는 건 내게 의지적인 행위에 다름 아니었다. 첫 고깃덩이를 입에 넣는 순간, 내가 앉은 작은 테이블이 흔들흔들 요동했다. 경고임에 틀림없으니 이젠 어쩔 수 없구나, 하는 생각이 순간적으로 뇌리를 스치긴 했으나 그건 분명 하늘의 분노가 아니었다. 음속으로 미루어 보아 무시무시한 재앙을 향해 가는 길인 양 공항 쪽으로 하강하고 있던 제트기 소리일 것이었다. 순간적으로 나는 흠칫 동작을 멈췄던 것 같다. 내 벌어진 입 앞에 포크에 찍힌 희멀건 고깃덩이가 흔들렸다. 나는 주택단지를 송두리째 단숨에 격파시켜버릴 뇌성의 일격을 기다렸다. 내가 금기를 어겼으니 주택단지 역시 나와 함께 영영 사라져야 마땅했다. 그러나 비행기의 소음은 점점 멀어졌고 흔들리던 테이블과 잔 들은 고요해졌다. 나는 내가 꼼짝 않고 있음을 깨달았다. 그렇다, 그날은 어차피 은유의 날이었다. 나는 "죄 없는 돼지의 죄 없는 고기여"라는 말을 기도문처럼 되뇌면서 고깃덩이를 눈 앞에 들어 올려 꼼꼼히 살폈다. 그러고 나서 그걸 입안으로 밀어 넣었다.

그렇게 해서 맛을 본 '트라이퍼'라는 이 금기식은 송아지 고기 맛이 나지만 그보다는 덜 맹맹한 편이고 어딘지 더 맛깔스러웠으며, 입맛을 돋워주는 듯했다. 내 혀는 고깃덩이를 입안에서 이리저리 돌리고, 그걸 이로 옮기고, 다시 다른 이로 밀어내고, 침과 섞어 잘게 씹힌 조각들을 목으로 넘겼으며, 잇새에 낀 그것의 찌꺼기까지 능란하게 찾아내 꿀꺽 삼켰다.

나는 국립고문서관에 대한 보복을 즐기고 있었다. 수천 년 전 유목민들이 황무지를 이리저리 유랑하며 쌓아온 위생에 대한 관습을 내가 굳이 신경 쓸 필요는 없었다. 1966년이 되어서도 여전히 수천 년 이전의 위생법을 고수한다는 건 불합리했다. 나는 어떤 집단이나 종족에도 속하지 않음은 물론이려니와, 내키는 대로 어느 식당이든 냉큼 들어가 자리를 잡고 트라이퍼를 주문할 수 있었다. 역사란 존재하지 않았다. 국립고문서관은 쓸데없고 케케묵은 종이 뭉치들의 창고일 뿐이었다.

그러나 나의 위는 곧바로 반응을 보였다. 오스테를리츠 역으로 가는 교외 기차 안에서, 식사한 지 십오 분 후에, 나는 토하고 말았다. 격렬하게 이글대는 복수심 때문에 위가 발칵 뒤집힌 게 아닌가 싶더니 상추며, 토마토며, 섬유질로 이루어진 고기 조각들이 파도처럼 내 목구멍을 넘어와 의자들 사이의 통로로, 깨끗하기 이를 데 없는 바닥으로 쏟아져 내렸다. 내가 당황해서 낯을 들지 못하자 한 노부인이 안됐다는 듯 신문을 내밀었다. 나는 신문지로 토사물을 어설프게 훔쳐냈다. 내 조급한 손은 악취를 풍기며 김이 올라오고 있는 느글느글한 토사물에 온통 범벅이 되어버렸다. 다음 역에서 나는 기차에서 내렸다. 축축이 젖어 축 처진 신문지를 내 앞쪽으로 최대한 멀찍이 든 채로.

나는 며칠 동안 이런 일은 전혀 대수로운 게 아니라고, 그런 고기에 길들지 않은 위가 단순히 거부반응을 보인 것에 불과하다고 스스로를 설득하고 달랬다. 국립도서관에 가서 문서와 필사본에 매달려 있어야 할 판인데도, 나는 시내 여기저기를 방황하며 쏘다녔다. 파리에 와서도 논문은 전혀 진전을 보이지 못했고, 수중의 얼마 안 되는 여행 자금도 금세 거덜나버린 터였다. 더이상 방값을 낼 수 없어 클리시 광장 근처의 호텔을 떠나게 되었을 때, 나는 떠나기 전 잠시 국립고문서관에 들렀다. 그러고는 예민한 신경을 달래며 필요한 자료를 찾았고, 프랑스혁명 초기 루이 16세의 바렌으로의 도피 기도에 관한 내 논문에 특기할 만한 사항들을 부리나케 옮겨 적었다.

암스테르담으로 돌아가는 기차에서 나는 차창 밖 햇볕이 쨍쨍 내리쬐는 풍경을 응시하다가 십일 년 뒤 책의 실마리가 되어줄 구상의 희미한 윤곽을 떠올렸다. 그것은 차창 밖에서, 누르스름한 언덕 사이의 데워진 공기 속에서, 당시 작업 중이던 논문을 무미건조한 에세이로 격하시키며 모르가나 요정처럼 가물거렸다. 그렇지만 나는 지난 몇 달간 공들여온 논문이 세상을 놀라게 할 만큼 기발한 데라곤 없다는 사실을 잘 알면서도, 그것을 제쳐두고 루이 16세의 도피 기도에 대해 참신하고 다채로운 관점에서 접근해볼 엄두를 내지 못했다.

처음에는 감히 써낼 수 있을 거라고 생각지도 못했던 책의 작업은 삼 년이 지나자 빽빽하게 손으로 쓴 원고지 수백 장 분량에 이르렀다. 프랑스 왕가가 튀일리 궁전에서 도피하려다가 처절한 미수에 그치고 말았다는 내용의 당시 내 논문과는 정반대의 관점에서 쓰인 그 책에는 왕가의 도피가 성공을 거두는 걸로 되어 있었다.

학창 시절부터 나는 가설, 말 그대로 '모델 빌딩'에 몹시 매혹되었다. 그건 마술적인 단어 '만약'을 전제로 한 작업이어서 일단 어떤 가정을 세우고 나면 잇달아 예측 불가능한 결과가 이어지는 숨 막히는 게임이었던 것이다.

파리 국립도서관을 처음 방문해 토대를 마련한 지 십일 년 만에 책에 손을 대기 시작한 후로 나는 줄곧 거기에 매달려 있는 상황이었다. 그런데 지난 몇 달 동안 프랑스 왕가의 도피의 내용이 근본적으로 무한정 변형될 수 있다는 사실을 깨닫게 되었다. 이것은 곧 내가 책을 완성하지 못할 수도 있다는 것을 의미했다. 나는 매번 새로운 가능성과 충돌하면서도 종종 만사를 제치고 작업에만 몰입했다. 그러다가 끝없는 원고 뭉치에 눈길이 닿을 때면 자포자기의 분노가 솟구쳐, 원고를 깡그리 없애버리고 싶은 충동 때문에 몇 주일이고 작업을 피하기도 했다.

내가 다시 한 번 책에 쓰일 자료를 조사하기 위해 한 오 일 예정으로 파리에 다녀오기로 아내와 막 약속을 하고 난 참이었다. 월요일에 내내 원고의 마지막 부분을 검토하고 나자, 폴린에게서 전화가 왔다. 그녀는 다음 날 암스테르담에 올 계획이라면서, 나도 좀 만나보고, 함께 고흐박물관과 암스테르담 시립박물관에도 갔으면 한다고 했다. 까만 전화 수화기를 통해 파리에서 전해오는 그녀의 이야기 사이사이로 그녀의 아파트 창 아래를 질주하는 차량들의 소음이 끼어들었다. 나는 그녀의 방이 면한 거리 한쪽에서 시커멓게 그을린 고가철도 위를 달리고 있을 노후한 지하철과, 블라인드 틈새를 빠져나와 그녀의 벌거벗은 등 위에 드리워져 있을 가느다란 햇살과, 그녀의 등에 솟아 있을 땀방울들을 떠올렸다. 전화를 받아 바꿔주었던 미커가 내가 폴린과 통화하는 동안에도 그대로 방에 남아서 고개를 살래살래 흔들면서 내 어설픈 프랑스어를 듣고 있었다. 그녀는 전화를 끊고 나서 내가 얼렁뚱땅 둘러댄 변명을 믿는 듯 더이상 캐묻지 않았다.

폴린이 왔다. 우리는 서너 차례 만났고, 미커가 아이들을 데리고 제일란트의 별장으로 떠나고 난 뒤 함께 파리행 열차에 몸을 실었다.

이 일련의 내 행동에는 해명할 기회가 필요하다. 내가 어떻게 폴린을 만나게 되었고, 왜 그따위 유치한 비디오테이프나 시청하는 지경에 이르렀는지, 내가 국립고문서관에서 찾던 게 뭐였는지 등은 차차 설명할 것이다. 자초지종을 털어놓는 일이 정말로 우리의 식견을 넓혀주고, 사태에 대한 이해를 도우며 그리고 궁극적으로는 자제력을 키워줄지에 대해서는 다분히 회의스럽다. 하나 그렇다 할지라도 나는 이야기를 시작해야겠다. 나와 함께 과거로의 여행을 떠나보도록 하자.

제1장

나는 나 자신의 삶까지도 시대별로 구분해야만 직성이 풀리는 성격이다. 물론 시간이란 것은 구분 불가능한 선이어서 어떤 중요한 시점이든 다림질이라도 한 듯 빳빳하게 펴놓으며 '시대' 같은 개념 따위에는 아랑곳없이 흘러간다. 그러나 사태를 이해하기 위해서 나는 먼저 시간을 자르고, 줄을 긋고, 일단락을 지어야 한다. 그렇게 해야 형태가 없는 삶이라는 뭉텅이를 손가락으로 찔러볼 수 있고, 또 내 손에 잡히는 그 작은 덩이들을 '시대'로 명명할 수도 있다. 이렇게 인위적이고 우연적인 질서에 의해 손에 잡힌 작은 덩어리들에는 일정한 체계가 있어 보인다. 작은 덩어리는 모름지기 저마다 형태를 지니고 있고 그런 형태에는 이름이 붙기 마련이다. 나는 그런 작은 덩어리에 원형이나 사각형, 아니면 불룩한 형 또는 달걀형 따위로 이름을 붙일 수 있다. 이러한 명명 작업에 사학자는 능수능란하다. 사학자는 발굴된 배설물에 자기 손을 쑥 찔러넣고, 그것이 똥덩어리가 명백한데도, 가령 '여송연'이라고 임의로 이름을 붙여놓고선, 의기충천하여 그걸 주시한 후에 생뚱맞게도 오이가 존재하는 필연성에 대해 강론을 펼치는 지리멸렬에 빠진다. 사학자는 한편으로는 범이 날고기를 먹을 줄 모를 리 없듯이 누가 봐도 명약관화한 사실에 대해서 어느 누구도 따르지 못할 전문성을 발휘한다. 그런가 하면 사학자는 눈에 풀칠을 한 양, 창문이 달리지 않은 방의 벽에서 눈을 씻고 보려야 볼 수 없는 창문을 보았노라고 주장하기도 한다. 나는 사학자이다.

미커를 만난 것은 대학 때였다. 그녀는 사회학을, 난 역사학을 전공했다. 둘이 따로 알고 지내던 친구의 생일 파티에서 나는 그녀와 인연을 맺게 되었다. 보통 그렇듯이 우리의 첫 만남도 진부하기 이를 데 없었다. 생일 파티의 주인공이었던 당시 그녀의 남자 친구와 나는 이스라엘과 팔레스타인 문제에 대해 언쟁을 벌이게 되었다. 그가 실로 당대의 여론에 맞서, 팔레스타인을 지지하는 입장을 고수했기 때문이었다. 나는 스스로도 놀랄 정도로 그를 거세게 공격했다. 무엇 때문에 그토록 감정을 억누르지 못했을까? 생전 한 번 가본 적도 없거니와 아는 사람 하나 없는 지중해 연안의 그 작은 땅덩이와 나 사이에 어떤 눈에 보이지 않는 끈이 이어져 있었던가? 파티는 점잖은 연회석에서 격앙된 설전의 장으로 돌변해 내가 자주 겪어온 대로, 사실과 그 사실의 해석에 대해 왈가왈부하는 참혹한 병정놀이처럼 출혈을 감당하지 못할 지경에 이르고 말았다. 그러니까 유태인들이 1948년에 팔레스타인인들을 추방한 게 계획적이었는가, 우발적이었는가. 이스라엘군은 팔레스타인인들을 추방할 목적으로 테러를 저질렀는가. 아니면 팔레스타인인들이 유태인들을 바다로 내몰아버릴 빌미를 얻기 위해 자발적으로 임시 이주하게 되었는가…… 삼 일 뒤, 뜻밖에도 연구실 복도에서 미커와 마주쳤다. 그녀가 걸음을 멈추더니 내게 말을 건넸다. 그녀는 단도직입적으로 자기 남자친구의 견해에 반대한다고 입장을 밝혔다. 그 같은 명료한 의사표시로 그녀는 나의 환심을 샀고, 탐스러운 입매와 눈웃음으로 날 유혹했다. 그렇게 해서 우리의 데이트는 시작됐다.

이때를 '안정과 혼란의 시대'로 부르도록 하자. 이런 분류는 보기에도 그럴듯할 뿐 아니라 어딘지 학문적인 냄새도 풍긴다. '안정과 혼란의 시대'는 많은 인상과 체험이 축적된 시기였다. 더불어 이로 인해 이전까지 혼란스럽기만 했던 나의 삶이 머지않아 방향과 의미를 찾을 수 있으리라는 기대로 들떠 있던 시기

이기도 했다. 나는 희망에 부풀어 미래지향적인 태도로 살아갔다. 1965년 우리는 처음으로 같이 보내는 여름을 맞아 이탈리아로 휴가를 떠났다. 그곳에서 나는 놀랍게도 트라스테베레에서의 산보, 한 접시의 스파게티, 한가로운 전원 풍 호텔 정원에서 저녁 늦게 마시는 한 잔의 포도주 등이 더할 나위 없는 위안이 될 수 있다는 사실을 깨달았다. 당시에는 아마도 쾌감이나 즐거움이라고 일컬었겠지만, 아무래도 위안이라는 말이 가장 적절하고 무난한 표현인 것 같다. 휴가를 마치고 돌아오는 길에 우리는 움브리아 주의 조촐한 임대주택에서 지내고 있던 그녀의 부모를 찾아갔다. 그들이 나에 대해 전혀 몰랐기 때문에, 나로서는 우선 때를 기다렸다가 격식을 갖춰 내 존재와 우리의 관계를 알리는 편이 나을 성싶었으나, 미커는 한 치도 물러설 기세가 아니었다. 그녀는 부모를 놀래주고 싶다면서 갑자기 들이닥친다 해도 상관없으니 꼭 함께 가야 한다며 막무가내로 고집을 피웠다.

막상 도착해보니 '조촐한 임대주택'이라고 했던 그 집은 골동품으로 가득한 으리으리한 별장이었다. 그 안에 발을 들여놓자, 미커가 왜 그렇게 나더러 같이 가자고 우겼는지 저의를 눈치챌 수 있었다. 그녀는 지난 이 년 동안 보수적 가톨릭 신자인 부모에게 반항해왔는데 그런 맥락에서 나는, 그녀가 부모에게 내보인 충격적인 결정타였던 것이다. 할례를 받은 유태인인 나의 존재야말로 가톨릭 신자인 부모와 그녀의 인연을 끊게 하고도 남았다. 그녀는 내가 그녀를 이용한 것처럼 나를 이용했다. 복수심에 치받친 그녀가 길쭉한 모자에서 나를 꺼내 보이는 마술을 해 보이는 꼴이었다. 그녀는 자기편이 되어줄 환속한 성직자는 고사하고 유태인을 데리고 나타난 것이다. 그날 나는 처음으로 여자 친구의 부모를 만나보았고 더불어 난생처음 남의 집에서 쫓겨났다.

그들이 첫 대면부터 나를 적대시한 것은 아니었다. 그녀의 아버지는 문을 열고는 깜짝 놀라 딸을 얼싸안았고, 그다음에는 내 손을 마주잡았다. 우리의 손이 화기애애하면서도 서로 겸연쩍어하던 그 순간, 나는 그의 표정에 드러난 생각을 읽었다. 지금 흔들고 있는 이 손이 지난 삼 주간 내 딸을 애무한 손이구나, 라는. 만약 우리가 그 자리에서 선뜻 우리의 약혼을 알리고 내가 다음 날 저만치에 떨어져 있는 마을의 성당으로 가서 세례를 받겠다고 선언했더라면 상황은 바뀔 수도 있었다. 그러나 미커는 내게 초점이 맞춰지지 않도록 요령껏 이야기를 주도해 나갔다. 이상한 것은 그녀의 부모 역시 시치미를 떼고 나의 신원과 종교에 대해서 궁금해하지 않았다는 점이다. 미커는 우리가 이탈리아에서 보낸 휴가에 대해 조잘대면서 일종의 휴전상태를 유지했다. 밤에 아시시 역으로 가는 택시 안에서 그녀가 내게 털어놓은 말이 있었다. 지난 몇 달 동안 오늘을 기다려왔으며, 상황이 어떻게 전개될 것인지 수없이 많은 각본을 상상해왔다고.

식탁에 자리를 잡고 나서 그녀의 아버지가 와인을 따를 때였다. 그녀가 천연덕스럽게 내가 유태인이라는 사실과 우리가 몇 주일째 매일 밤, 잠자리를 같이한 사이라는 청천벽력 같은 이야기를 털어놓았다. 하얀 식탁보와 번들대는 식기들 위로 와인이 쏟아졌고, 그녀의 어머니는 비명을 지르듯 딸의 이름을 불렀으며, 우리를 내쫓는 그녀의 아버지의 우레 같은 불호령이 잇달았다.

이 같은 희비극을 연출해낸 그녀의 가차 없는 태도에 나는 아연실색했다. 밖으로 나와 공중전화에서 택시를 불러 차에 타고 나서야 비로소 나는 그녀에게 진실로 반했던 것 같다. 그녀가 나를 전쟁놀이의 졸병쯤으로 부렸다는 건 중요하지 않았다. 오히려 나는 그녀에게 고마운 마음이 들었다. 고맙다는 표현 역시 당시에는 한 번도 내 입에 담아본 적이 없지만, 그 마음만큼은 진실이었다. 상황이 어떻게 되었든 간에 그녀가 날 어딘가에 개입시킴으로써 내가 그녀에게 중요한 사람이라는 느낌을 주었기 때문이었다. 나는 곧 그녀가 불만족스러운 순간에 부딪

힐 때는 그처럼 가차 없이 대응한다는 것을 알아챘다. 삼 년 동안 공부해온 사회학을 하루아침에 집어치운 그녀는 어떤 그럴듯한 동기 하나 제시하지 않은 채 전공을 프랑스 문학으로 바꿨다. 그녀는 단지 사회학에 진력이 났으며 뭔가 다른 것을 하고 싶었는데, 프랑스 문학이 머리에 떠오른 첫번째 대안이었다고 했다. 부모의 굴레로부터 빠져나오려고 몸부림치는 동안에도 그녀는 계속 냉담하고도 전략적으로 나를 조종했다. 그러나 자궁마저 조이려 들었던 부모의 편협한 도덕관으로부터 일단 풀려났음을 느끼자, 그녀는 필사적으로 정신적 지주를 갈망했다. 말하자면 우연히 그 무렵 가장 가까이 있던 사람이 나였던 까닭에 내가 그녀의 정박지가 된 셈이다.

그럼에도 나보다 냉철한 그녀의 성품은 변함이 없었으며, 우리 둘 다 그걸 인정했다. 위급한 상황에서 나는 무기력하게 도움만 외치면서 제자리에 붙박여 한 발짝도 떼지 못했던 반면, 그녀는 신속하고도 효율적으로 기동력을 발휘했다. 예를 들면, 제일란트에서 휴가를 보낼 때 미르얌이 우리의 자그마한 별장 앞에서 차에 치인 적이 있었다. 그때도 나는 창가 뒤에 그대로 멈칫한 채로 그저 비명만 질렀지만 미커는 냅다 밖으로 뛰쳐나가 행인과 함께 딸애를 들어다 차에 싣고 병원으로 갔던 것이다.

내가 폭넓은 분류를 즐기는 까닭에 '현시된 회의의 시기'라고 이름 붙인 현 시기 이전의 시기들은 겉으로는 대체로 조화롭고 다복했다. 그로 인해 내 인생이 다채로워졌음을 인정한다. 1972년과 1974년 사이에 아이들이 생겼고, 우리는 널찍한 주택을 장만하여 암스테르담 남부로 이사를 했으며, '첫 이가 나는 시기' '바닷가에 면한 아담한 별장의 시기' '눈먼 행복의 시기' 등도 오롯이 경험했다. 첫딸 하나가 다섯 살이 되었을 때, 남부럽지 않은 실력을 자랑하는 미커에게 바이올린을 배웠는데 이내 천부적인 재능을 드러내 우리 부부를 감격케 한 적도 있었다. 우리 부부의 지식과 재능을 몽땅 다 합쳐 물려주는 게 가능하다고 한대도 하나가 가진 재능은 그보다 훨씬 더 돋보이는 것이었다.

우리 부부가 소원해진 데에는 이렇다 할 사건이 없었다. 동기는 사뭇 달랐겠지만, 미묘한 틈새가 점점 벌어지더니 결국 우리는 평행선을 그리며 각자의 삶을 살아가기에 이르렀다. 미커가 가정이라는 무중력 지대에서 비교적 만족스럽게 부유하는 동안, 그렇다고 해서 그녀가 프랑스 현대문학을 향한 열정을 포기했다는 의미가 아니며 실은 정반대였지만, 나는 집요하게 바로 '그 나라'의 바로 '그 지역'에 착륙하기만을 고집하고 있었다.

이미 언급한 '현시된 회의의 시기'라 일컬었던 이 시기 초기에 나는 튀일리 궁전으로부터의 루이 16세의 도피에 대한 책에 손을 대기 시작했다. 미커는 그런 계획을 응원했다. 아이들은 호기심에 들떠 질문을 했고, 내가 설명을 할 때면 귀를 쫑긋 세웠다. 사람 이름에 숫자가 붙는 걸 듣고는 신기한 나머지 탄성을 지르기도 했다.

1970년, 대학을 졸업한 후 나는 도시 변두리 학교에 임시직 교사로 취직했다. 이 년 후, 미커가 하나를 임신했을 때, 중심가에 있는 학교에 정규 교사직 자리가 났다. 애당초 고작 중고등학교에서 교직 생활이나 하려고 대학 공부를 시작했던 건 아니었으나 받아들일 수밖에 없었다. 그 무렵 막연하게나마 어떤 계획이 눈앞에 아른거렸다. 분명하게 표현할 수는 없었지만, 전기 비슷한 형식의 연구서였다. 심층 연구를 하면서 나는 철저히 과거에 몰입하고 싶었고, 무엇보다도 전혀 이목을 끌지 못했던 역사적 인물을 재조명해보고 싶었다. 독창적이고 심오한 연구로써 어떤 알려지지 않은 인물을 발굴해내 세상에 알리고 역사적 가치를 부각시킬 전기를 수차례 구상해보았다. 그러나 그런 전기는 지극히 모호한 그림자만 보여줄 뿐 좀체 윤곽이 잡히지 않았다. 내 연구 활동은 별 가망이 없어 보였다. 학술기관이나 아니면 역사에 그나마 신경을 쓰는 나라에나 어쩌다 있을 법한 중립적인 연구기관에서 전문가와 보조 연구진을 형성할 수 있는 행운아도 있겠지만, 대부분의 연구자들은 중고등학교 교사직에 평생토록 손발이 묶여 있지 않으면 안 될 운명이었다.

이 '현시된 회의의 시기'에 들어서면서 나는 직장 생활에 환멸을 느끼기 시작했다. 과거에 대한 그 어떤 언급에도 티끌만큼의 의미가 담겨 있지 않다는 건 날이 갈수록 분명해졌다. 학생들은 그저 멍청히 나를 응시할 따름이었고, 나는 그들의 구멍 난 뇌가 완전히 비어 있을 거라 생각했다. 입을 헤벌리고 과거를 맹목적으로 바라보며 그들은 아무 생각 없이 미래에 발을 들여놓을 것이었다. 물론 내가 그 생각에 사로잡혀 늘 괴로워했던 건 아니지만, 그게 대략 그 당시 날 지배하고 있던 정조(情調)였다. 나는 나를 기다리고 있을 공허한 수업에 치를 떨며 아침마다 가까스로 몸을 이끌고 출근길에 올랐다. 나는 단말마적인 발악으로 냉소적인 태도를 감추려고 안간힘을 썼다. 절망한 나머지 표준화된 지식이란 말짱 부질없는 것이니 시험, 연구 보고서, 논문 따위의 제도를 모조리 폐기해야 한다고 생각할 정도였다. 역사 그 자체는 아무 의미가 없었고, 아무 결실도 거두지 못했다. 역사란 사학자의 실적을 정당화하고 이념들의 실상을 입증해 보이려는 최종 목적 아래, 몇몇 표리부동한 사실들이 인과관계라는 허구적인 연쇄를 형성하고 있는 무형의 집합체에 불과했다. 사건이 발생했으니 원인 역시 반드시 있을 것이었다. 그러나 원인을 이루는 미심쩍기 짝이 없는 요인 중에서, 어떤 인과관계든 또는 과거에서 얻은 어떤 교훈이든 가소롭다는 듯이 비웃는, 이른바 우연이라는 찬란한 요인에 대해서는 전혀 논의된 바가 없었다.

과거를 믿게끔 꼬드기는 마력에 대해 경고하면서 수업을 시작하리라고 나는 누누이 다짐했다. "역사의 외면에 드러난 합리성을 불신하라"고 선언할 참이었다. "역사는 대낮에 후하게 선심 쓴 것들을 야밤에 도둑처럼 들어와 훔쳐갈 것이다. 역사는 너희를 감언이설로 유인해놓고선, 너희가 텀벙텀벙 물장구치며 놀기 좋아하는 이성이란 이름의 수영장에서 익사하는 모습을 지켜볼 것이다. 역사는 신기루에 지나지 않는 형상을 사실로 여기도록 너희를 유혹할 것이다. 너희가 이제껏 모르가나 요정을 믿고 있었다는 사실을 깨닫고 격분한 끝에 이성의 신선한 수영장으로 뛰어든다면 역사는 불시에 등에 내려앉아 독이 든 물로 너희의 허파를 가득 채울 것이다. 역사를 신뢰하기 위해서가 아니라, 의심하기 위해 내가 들려주는 말에 귀 기울여주기를 바란다."

물론 나는 한 번도 이런 식으로 수업을 시작해본 적이 없었다. 학교 이사회와 말썽을 빚게 될 일이 지레 끔찍했던 데다 누구나의 인지상정인 비굴함 탓이었다. 게다가 보나마나 학생들은 대놓고 비웃을 게 뻔했다.

학생들의 경박한 감수성 역시 나는 무척 당혹스러웠다. 수업과 시사문제를 관련지어 보려는 의도에서 고등학교 1, 2학년들과 일주일에 한 시간씩 중요한 정치 사건을 다루다가 나는 지난 몇 년 동안 이스라엘에 대한 학생들의 태도가 얼마나 급진적으로 변화했는지 알아차렸다. 나는 그 수업에서 진행자 역을 맡았다. 학생들 간의 토론을 진행해나가면서, 필요한 경우에는 마치 내게 그럴 만한 깜냥이 있기라도 한 양, 마치 인간에게 그럴 만한 여력이 있기라도 한 양 공명정대한 방법으로 해석을 덧붙여야 했다. 이스라엘 편을 드는 게 당연시되었던 몇 년 전 여론의 흐름과 똑같은 식으로, 부당하고 피상적인 유행에 휩쓸려 이제는 다들 팔레스타인을 편들었다. 손바닥 뒤집듯 부화뇌동한 태도에 나는 어안이 벙벙해서 참으로 곤혹스러움을 감출 길이 없었다. 학생들은 그저 철없는 애송이일 뿐이라는 구실을 내세워 한동안은 격앙된 감정을 다독거렸으나, 나중엔 바로 그런 이유에서 더 부아가 났다. 진작부터 그들은 신문과 일개 정당의 편파적인 잡설에 물이 들어버렸고, '진실'이나 '역사적 정의' 같은 개념들을 내세워 시야를 흐려놓는 견해들을 추종하고 있었다. 그중에는 이미 선거권을 가진 학생들도 있었으며, 학생들 대다수는 머지않아 대학에 진학해서 정치에 적극적으로 참여하게 될 것이었다. 그러나 나는 계속 토론을 이끌어갔고, 핵무기, 비무장, 3차 세계대전, 팔레스타인 등 어떤 화제가 되었든 간에 내 딴엔 계속 어감의 차이까지도 고려해가면서 신중을 기해야 했다. 결국 학년 말에야 나는 매주의 토론 시간을 중단시켰다. 그 후 다른 수업 시간에는 그처럼 신중을 기해야 하는 역할은 그만두었다.

나는 학교에서 얻은 울분이 가정생활에까지 영향을 미치는 일이 없도록 각오를 다졌다. 그러나 좋지 않은 감정을 감쪽같이 감출 수는 없었다. 나는 갈수록 참을성이 줄어들었고, 걸핏하면 미커와 아이들에게 짜증을 내곤 했다. 틀림없이 미커는 대번에 알아챘을 테지만 내 짜증을 예나 다름없이, 마치 어쩌다 있는 일인 양 흔연스레 받아넘겼다. 그녀는 분명 내가 자발적으로 내 문제를 속 시원히 털어놓을 때를 기다리는 눈치였다. 하지만 내 문제의 원인을 정확히 규명해내고 그걸 조리 있게 설명하는 일이 내게는 역부족이었다. 나는 침묵을 지키면서 되도록이면 은신처인 서재로 찾아들었다. 수업을 준비하고 숙제를 검사하는 일 말고 연구 작업을 계속해보려 노력했으나, 순조롭게 진행된 적은 드물었다.

그러던 중 여름방학이 되자 상태는 다소 나아졌다. 그해 여름 몇 주 동안 온 가족이 제일란트에 있는 우리의 아담한 별장에서 지냈고, 나는 조화로움의 그늘 밑에 안착할 수 있었다. 나는 아이들이 독립적인 개성을 지닌 인격체이고, 자신들의 세계를 샅샅이 탐구하고자 하며, 동시에 그 세계를 지켜내려는 의지를 가진 존재라는 사실을 깨달았다. 그리고 오랫동안 소원했던 미커와 나 사이에는 미미하게나마 새삼 애정이 싹트게 되었다. 내가 돌연 이 소우주 속에 안주하여 더없는 충족감을 느끼게 된 이유가 무엇이며, 그동안 명백히 소우주 공간에 대한 동경을 잃었던 이유가 무엇인지는 알 수 없었으나, 그나마 이만한 균형이 무너져버리고 말까봐 두려웠던 까닭에 더이상 깊이 파고들고 싶지 않았다.

다시 시작된 새 학년은 전쟁 같았다. 교사들 간에 파가 갈려 권력 다툼이 폭발적인 기세로 일어났다. 동료들은 마키아벨리를 탐독하는 일로 여름방학을 보내기라도 한 듯, 서로 세력을 확장하는 데 신경을 곤두세웠다. 그러고는 곧 큰 교무실이 여러 파벌의 영역으로 나뉘어, 쉬는 시간이면 교사들은 끼리끼리 모여서 경쟁자들의 영역을 피하느라 애썼다. 나는 동료애를 해치는 행동에는 협조를 거부하는 중립적인 작은 동아리에 소속돼 있었는데, 이 역시도 다른 동료들은 하나의 파벌로 받아들였다. 그로써 서로 같은 생각을 가지고 있는 동료들과 함께 우리끼리 모인 교무실의 한쪽 구석도 다른 이들에게는 적의 영역으로 통했다. 우리는 사춘기 철부지들처럼 굴었고, 우리 모두는 학생들을 가르쳐서 성인이 되도록 준비시키는 도의적인 권리를 잃어버렸다. 그럼에도 우리는 하루에도 몇 시간씩, 끊임없이 아이들을 물들이고 있었다.

그해 크리스마스방학이 다가올 무렵, 이 주일의 휴가를 파리에서 보내기로 계획을 세웠다. 나는 책을 쓰기 위해 새로운 돌파구를 찾고 싶었다. 악착스레 루이 16세에 매달려야 했다. 그러지 못할 바에야 차라리 미쳐버리고 싶었던 그 심경을 부인한다면, 그건 분명 자기기만일 것이다. 그때 이미 비디오는 일 년 가까이 텔레비전 아래 놓여 있었고, 밤이 길어지면서 비디오를 보는 시간도 점점 더 늘어났다. 그것으로 스트레스를 풀었기 때문이다.

미커는 내 여행 계획에 별말을 하지 않았다. 짐작건대 내가 없는 틈을 타 아이들을 데리고, 오랫동안 장인과 별거 중인 장모에게 가서 크리스마스를 보낼 꿍꿍이속 같았다. 내가 완강히 거부했기 때문에 미커는 우리가 결혼한 이래 크리스마스트리 따위는 아예 집 안에 들여놓을 엄두도 못 내고 있었다. 아이들은 언제나 시치미를 떼고 전혀 내색하지 않았지만, 매년 일월이 되면 나도 미커도 사준 적 없는, 애들 할머니의 솜씨와 취향이 완연한 인형이며 인형 옷들이 부쩍 늘어나 있곤 했다.

크리스마스방학 둘째 날, 엄동설한의 새벽에 나는 이 주일을 예정하고 파리로 도피 여행을 떠났다. 미커와 아이들이 따라 나와 손을 흔들며 배웅해주었다. 내가 얼마나 얼빠진 인간인지 뼈저리게 통감했다. 나는 스스로의 가슴에 불을 지르고, 타는 불에 부채질을 해서 환영과 허상을 쫓도록 몰아대고 있었다. 택시가 아래층 대문 앞에 서서 기다렸고, 열기로 달아오른 엔진 뚜껑 위로 뭉실뭉실 연기가 피어오르고 있었다. 나는 택시에 몸을 싣고 역으로 향했다. 반년 후 여름방학 둘째 주 토요일에 파리로 떠날 때와 같은 역이었다.

그러나 나는 그 순간에는 예상하지 못했다. 반년 후에 내가 프랑스인 여자 친구를 앞세우고 파리로 떠나리라는 것을 그 당시에 어떻게 짐작조차 할 수 있었겠는가?

제2장

 반년 후 나는 여러 차례 폴린과 밀회를 가졌다. 우리는 혹시 아는 사람 눈에 띨까봐 조바심을 내면서 고흐의 작품을 관람했고, 함께 식사를 했고, 얀 라위컨 호텔에서 한 침대를 썼다. 그녀는 함께 파리로 떠나는 기차를 타기로 한 중앙역에서 날 기다리고 있었다. 그때 그녀는 콩피에뉴에서 먼저 내렸다. 그녀는 부모의 이십오 주년 결혼기념일 파티를 앞두고 암스테르담 여행을 온 터였다. 나는 그녀가 혼자서는 값을 치르기 버거워 하던 선물, 고풍스러운 골동품 자기를 사는 데 돈을 보탰다. 얼핏 그녀의 정부가 되어버린 느낌이었다.
 창문, 수도, 가스 등을 살펴본 후 나는 역으로 출발할 준비를 마쳤고, 닫힌 문을 뒤로하고 서서 여행 가방을 집어 들었다. 계단 아래로 보이는 아득한 바닥을 응시했을 때, 구역질이 이는 그 얼마만큼의 막연한 순간, 나는 이 여행이 얼마나 허무맹랑한가를 깨달았다. 뒤이어, 안으로 다시 들어가 날 구제해주는 스피커와 내게 위안을 주는 텔레비전 프로그램 앞에서 남은 하루를 보내고 싶은 강렬한 욕구를 느꼈다.

나는 삼 층에 위치한 우리 집에서 대각선을 이루며 일 층으로 이어지는 널찍한 계단을 내려다봤다. 정확히 그 중간 지점에 편편한 계단참이 끼어 계단을 둘로 나누고 있었으나, 다른 층의 방들로는 연결되어 있지 않았다. 그렇지 않았더라면 계단의 수는 감당할 수 없을 정도로 늘어났을 것이다. 이 계단참은 계단을 오르내리는 중간에 쉬어가기에 알맞았다. 그건 우리의 '전용 통로'였다. 계단참은 바닥이 매끈하고, 짙은 회색 리놀륨이 깔려 있었고, 가장자리에는 튼튼하게 마감된 철판이 닳아 있었다. 계단은 길게 아래로 뻗어 있었고, 중간 계단참에는 두 개의 우아한 아치형 나무 난간이 있었으며, 그 밑으로 연회색 벽이 보였다. 그 벽의 구조는 나머지 하얀 계단 부분과는 다소 구색이 맞지 않았다. 난간 아래의 벽은 표면을 보호하기 위해 칠한 특수 석회 덩어리가 작은 혹처럼 울퉁불퉁 도드라져 있어 수천 개의 볼품없는 구릉처럼 보였다. 나는 저 회반죽벽에서 갈팡질팡하는 내 마음이 결정되기를 기대하는 것일까? 갖가지

신호를 보내고 있는 물질세계의 천진함이 새삼스러웠다. 낡은 세번째 계단이 무의미한 게 아니기를, 이 층의 닳아빠진 아치형 테두리가 그 나름의 교훈을 담고 있기를, 정신을 차리고 귀여겨듣노라면 온 계단이 소곤소곤 귓속말을 들려주기를, 나는 바라고 있었다. 불현듯 미신을 믿으며 사는 게 얼마나 큰 구원인지 이해됐다. 벽에 난 금 하나하나가 상징이었고, 음향 하나하나가 모두 신호였다. 나는 운명 같은 결정이 떨어지기를 기다렸으나, 허사였다. 계단 위에 장승처럼 우뚝 서서 꼼짝 않고 계단을 샅샅이 살피고 있는 내 모습이 마냥 실없었다. 나는 오른쪽 신발 한 짝을 가장 높은 계단에 벗어놓고 아래로 내려갔다. 작위적 행태에 대한 나의 동경은 거의 병적이었다.

밖에는 포근한 새벽이 기다리고 있었다. 태양이 아스팔트 위에 날카로운 그림자를 그렸고, 정처 없는 소음들이 빈 거리에 메아리쳤다. 토요일 이른 아침이었다. 나는 정류장에 서서 전차를 기다리는 유일한 승객이었다. 몇 분 후 승용차 한 대가 졸린 듯 서서히 모퉁이를 돌아 사라졌다. 내 머릿속의 우스운 상념이 이제 그만 떠나라고 윽박질렀다. 여행 가방을 내려놓고 손목시계를 보고 눈을 비비는 행동 하나하나뿐만 아니라 행동과 행동 사이의 빈틈조차도 나는 극적인 절정으로 이끌어가고만 싶었다. 나는 이 생각에 굴복하고 말았기에 고통을 감수하면서 떠나지 않으면 안 되었다. 설렌 마음으로 나는 금방이라도 전차의 노란 코가 나타날 것만 같은 모서리를 살폈고, 대감격의 순간을 고대했다.

나는 필립이 보고 싶었다. 그가 어디 있는지는 몰랐으나, 그는 저 어딘가에, 바스티유 근처에, 삼 구에, 센 강 근처에 살고 있을 것이었다. 나는 그의 주소도, 그의 전화번호도 모르고 그가 결혼을 했는지 아이가 있는지도 몰랐다. 그러나 그는 거기 어딘가에 틀림없이 살아 있었다. 그곳에는 그가 아침 일찍 신문을 사는 노점이 있을 것이며, 그가 에스프레소와 압생트 독주를 마시는 단골 술집도, 그가 와이셔츠를 사는 옷가게도 있을 것이었다. 나는 며칠이고 파리를 샅샅이 뒤지고 돌아다니며, 그를 수소문하고, 그의 생김새를 묘사하고, 수십 번이라도 그의 자취를 찾아 사람들에게 묻고 다닐 각오가 되어 있었다. 그를 영원히 만날 수 없을 거라는 확신에도 불구하고 나는 필립이 보고 싶었다. 마치 나 자신이 불길한 예감에 휩싸인 채 임무를 수행하는 비극의 영웅 같았다. (불길한 예감에도 불구하고 영웅이 임무를 완수하려는 이유가 무엇인가? 맡은 임무 자체가 고귀하기 때문이다. 그렇지 않으면 흔히 영웅이 등장하는 이야기에서 보다시피, 그를 사로잡은 고착관념을 따르지 않을 경우 그의 존재는 필경 어둠 속으로 침몰되어버리고 말 것이기 때문이다.)

 전차가 나를 향해 미끄러져 왔다. 나는 전차에 올라탔다. 그리고 욕구불만에 찬 청소년들이 사회에 저항이라도 하려는 듯 갈기갈기 찢어놓은 의자 위에 앉았다. 전차가 중앙역으로 가는 동안 나는 파리로 가기로 한 내 결정을 지지해줄 만한 표시를 찾느라 길거리를 두리번거렸다. 담배 가게 문 앞에 있는 저 신문 뭉치가 어떤 의미를 지닌 건 아닐까? 술집 위에 늘어뜨려진 채 매달려 있는 깃발은? 차에 깔려 작살이 나버린, 내장을 다 내보이고 있는 길 위의 비둘기는?

 한 시간 전, 미커가 제일란트에 있는 별장으로 떠난 후, 나는 집에서 잠시 침대에 누워 있었다. 맞은편에 나란히 줄지어 선 가옥들의 지붕 위에 해가 떠 있었다. 내 얼굴 위에는 레이스 커튼의 천진한 무늬가 드리워졌고, 안마당에서는 느릅나무 우듬지가 햇볕을 즐기고 있었다.

 폴린과 함께 파리로 갈지 말지 아직 결정하지 못한 채였다. 제일란트로 떠나기로 한 아이들이 들떠서 새살대는 소리들과 가방이며 장난감이 방에 그득 차서 거기에 온 신경을 기울여야 했던 탓에 생각할 겨를이 없었다. 그나마 남아 있는 한 가닥 희한한 책임감이 납득할 만한 이유를 내놓으라고 내게 윽박질렀지만 침실의 정적에 파묻혀 내가 궁리해낸 이유들은 군색하기 그지없었다. 나는 원망할 데도 없었고 변명할 거리도 없었다. 나는 스스로를 기만했으며, 직접 내 손으로 깎아 만든 작은 새장에 갇혀 쳇바퀴를 돌고 있는 형국이었다. 서재로 가서 더 그럴듯한 이유를 찾아볼 생각에 침대에서 몸을 일으키는 순간, 머리를 침대 발판에 두고 거꾸로 누워 있었다는 사실을 번뜩 깨달았다.

서재는 구석구석 빈틈없이 정성스레 정돈되어 있었다. 허전한 책상 위에는 어서 와서 쥐어보라고 외치는 듯 까만 만년필이 도전적으로 놓여 있었다. 책장에는 책들이 조금의 먼지도, 한 치의 흐트러짐도 없이 반듯하게 줄을 맞춰 꽂혀 있었다. 심지어 작은 회색 휴지통도 깨끗이 비어 있었고, 서류장 오른쪽 위에 수북했던 백지 무더기도 보이지 않았다. 나는 책상 앞에 앉아 서랍에서 원고를 꺼냈다.

낡고 누런빛을 띤 서류철의 모서리들이 찢겨나가 구겨진 원고의 종잇장이 진한 색감의 책상 위에 창백한 귀퉁이를 드러냈다. 나는 조심스레 서류철의 널찍한 고무줄을 옆으로 밀어 벗겼다. 그러자 서류철의 덮개가 저절로 펼쳐졌고, 권두 면지가 자태를 드러냈다. 『바스티유 광장—역사의 우연성에 대한 연구』. 그러나 타이프로 찍어놓은 다소 과장된 이 제목 위에는 줄이쳐 있고, 손으로 써놓은 다른 제목이 그 자리를 대신하고 있었다.『바렌으로의 도피―역사성 없는 역사』. 이 제목도 역시 지나친 기대를 불러일으킬 우려가 있었지만 그나마 다른 제목보다 적절하게 들렸다. 먼지 아래에, 지우고, 덧붙이고, 수정한 흔적으로 가득 찬, 빽빽하게 채워진 첫 장이 놓여 있었다. 지난 삼 년 동안 개론적인 첫 문장만이 수정되지 않은 그대로였다.

"역사란 저마다 사사로운 호감과 반감을 가지고 있는 개인들이 시도한, 인간으로서는 가히 주체하기 힘든 대량의 사건들과 정세의 움직임, 자연 변화들, 이 모두가 합쳐져 인류의 발자취를 형성하는 것에 대한 주관적 해석으로 성립된다. 그러나 역사는 자료의 엄청난 분량으로 말미암아 누구도 이를 감당할 수가 없을뿐더러, 인류가 과거에 산출해내서 우리가 아직까지도, 일상생활의 더없이 하찮은 일에서까지 직면하게 되는 행위와 사고에 대한 합리적이고 종합적인 해석의 그늘에조차 채 도달하지 못하고 있다. 따라서 역사는 존재하지 않으며, 우리가 변함으로써 역사도 변한다. 지금은 각각 그 나름의 독자적인 과거를 지니고 있을 뿐이다."

나는 계속 다음 장을 넘겼다. 생면부지인 인물들의 이름을 나는 마치 오랜 세월 친분을 나눈 사이인 양 써먹고 있었다. 악셀 폰 페르젠, 투르젤 부인, 무스티에 백작, 발타자르 사펠, 코르프 남작, 르 도팽, 마리 앙투아네트. 나는 그들을 내가 원하는 대로 생각하고 행동하도록 조정했다. 그렇지만 적어도 이 연구서의 앞부분에는, 당대의 보고서, 일기 그리고 서신에 기록된 사실을 충실하게 반영했다. (실제로 사실 같은 것은 존재하지 않는다. 자료가 사실을 창출해내며, 우리가 그걸 사실로서 인정할 따름이다.) 루이 16세와 마리 앙투아네트는 1791년 6월 20일, 감시와 통제하에서 실상 감옥이나 다름없던 그들의 거처인 튀일리 궁전을 빠져나가, 자녀들과 함께 국외로 탈출을 기도했다. 하지만 이 엄청난 공모는 미수에 그쳤다. 누가 배반한 것도 아니고, 공모자들이 실수를 저지른 것도 아니었다. 1791년 6월 20일과 21일에 혁명의 성패는 판가름이 났다. 그러나 누구에 의해서? 잇달아 발생한 일련의 우연한 사건들이 그들의 도피 기도를 실패로 몰아갔다. 마차가 바렌에서 정지하도록 만든 건 걷잡을 수 없는 사건의 결과도 아니었고, 한 사람의 잘못도 아니었다. (대형 베를리너, 즉 여섯 마리의 말이 끄는 사륜마차가 가족을 태우고 떠나도록 되어 있었다. 페르젠과 무스티에 백작이 마부석에 앉았다. 마차 뒷좌석에는 말덴 백작이 앉았고, 발타자르 사펠은 마부를, 페르젠은 차장을 맡았다. 마차의 선두에는 브리그니 부인과 푸르빌 부인을 태운 자그마한 이륜 포장마차인 캐브리올레이가 달리기로 되어 있었다.) 여기서 역사는 비루한 냉소를 띠고서 썩은 이빨을 드러내 보였다. 역사의 비아냥대는 냉소가 내 머리를 톱질해 둘로 갈랐다. 역사는 나를 조롱하면서 피 묻은 양손을 쳐들어 보였다. 삼 년 전 이 책을 시작했을 즈음, 이 같은 상황을 접할 적마다 번번이 몰려들던 현기증이 날 정도로 깊은 좌절감은 오히려 열병 환자처럼 작업을 계속하게끔 힘이 되어주었다. 나는 도대체 무엇에 의해 역사적 사실이 결정되는가를, 어떤 요소들이 거기에 작용하는가를, 왜 어떤 계획은 실패하도록 정해져 있고 다른 건 그렇지 않은가를 헤아릴 길이 없었다. 이런 고뇌에 찬 불가해함이 매일같이 나를, 실패한 도피가 성공 사례로 둔갑한 누런빛 서류철에 몰두하도록 채찍질했다. 그러나 지난해부터는 그 일에 별로 손을 대지 못했다. 이제 불가해함이 나를 마비시켰고, 낙담의 구렁텅이에 빠지게 만들었다. 역사의 여신은 나의 속절없는 노력을 사악하게 비웃어대면서 내게서 그녀의 노쇠한 등을 돌려버렸다.

  나는 계속 다음 장을 넘겨 종잇장 사이에서 겉봉에 아무것도 쓰이지 않은 커다란 봉투를 발견했다. 미커에게 들키고 싶지 않아서, 미커가 뒤져볼 리 없는, 그녀가 들어올 수 없는 나의 성소인 이 서류철 안에 넣고서 내내 보관해온 것이었다. 나는 봉투에서 사진 원판을 꺼내서 빛에 비추어 보았다. 루브르미술관, 드 빌 호텔, 보주 광장, 아마도 삼십 번은 넘게 찍었을 파리의 관광 명소가 나오는 평범한 사진들이었다. 그러나 이번에는 그 건물들이 아니라 사진 속의 젊은 여자를 보기 위해서였다.

파리의 크리스마스는 추웠다. 폴린은 두툼한 외투를 걸치고 손에는 털 벙어리장갑을 끼고 있었으며, 혈기를 자극하느라 장갑 낀 손으로 시종 빨갛게 언 제 뺨을 비벼댔다. 목에는 기다란 파란색 목도리를 휘감고 있었고, 머리에는 진갈색 빵모자를 쓰고 있었다. 사진은 회색기가 도는 빛깔로 변색되어 있었다. 그녀는 겨우 몇 장에서만 웃고 있었다. 대개 그녀는 한 손은 외투 주머니 속에 넣고, 다른 손으로는 목도리를 꽉 움켜쥐고서 심각하게 렌즈를 바라보고 있었다. 그러나 그 당시 내가 심각해 보인다고 생각했던 그것은 바로 그녀의 불안감의 표시였음을 나는 그때서야 눈치챘다. 그녀는 나를 의혹에 찬 눈초리로 바라보고 있었다, 그녀와 불륜 관계를 맺은 나의 의도를 가늠해보면서. 그리고 그때, 햇빛에 비추어 본 마지막 원판에 나오는 세 장의 사진에서 나는 폴린 뒤 왼편에 서 있는 어떤 남자의 불투명한 그림자를 보았다.

그 원판을 인화한 사진들은 모두 다 내 여행 가방 안에 들어 있었고, 나는 불가사의한 그의 표정을 알고 있었다. 그는 울고 있는 것일까? 아니면 추위를 견디지 못해 혹은 혹독한 기후 때문에 눈에 물기가 맺힌 것일까? 긴 겨울 외투의 옷깃을 바짝 세운 그의 목 언저리에 실크 머플러로 보이는 겹겹이 포개진 천이 번뜩 윤기를 발했다. 그리고 막 벗은 듯한 얄팍한 장갑 한 켤레를 오른손에 꼭 쥐고 있었다. 외투 주머니 속에 감춰진 그의 왼손 위에는, 불거져 나온 연한 색의 소맷부리가 때마침 얼핏 드러난 듯했다. 무릎 위까지 닿는 그의 겨울 외투 아래에는 꽤 넓은 바지 자락이 보였고, 칼날 같은 주름이 세워져 있었다. 구두는 번들거렸으며, 막 새로 산 것처럼 보였다. 그의 시선이 나를, 그 순간 사진사였던 나를 향하고 있음은 분명했다. 그의 눈은 투병 중인 가까운 친척에게 분투를 기원하는 듯한 미소를 머금은 채였고, 아래눈꺼풀에 물기가 고여 있었다. 그의 안타까워하는 미소에서 한마디 말도 걸지 않고 나를 그대로 떠나보내겠다는 굳은 의지가 엿보였다.

그렇다면 내가 텅 빈 광장을 배경으로 폴린의 사진을 찍으려 한다는 것을 뻔히 눈치채고도 그는 왜 몸을 뒤로 돌리지 않았을까? 나는 고집스레 바스티유 광장에서 그녀의 사진을 찍고 싶어했다. 그 광장은 어떤 사건도 발생한 적 없다는 듯이 공허하고 스산했으며 엄청난 수의 호박으로 포장되어 차바퀴와 신발 밑창을 닳게 만들었지만 역사의 위력에는 꼼짝도 하지 못했다. 그래서 볼썽사나웠다. 내가 사진기를 오른쪽 눈에 갖다 대는 걸 보고도, 그는 고개를 다른 쪽으로 돌리려 하지 않았다. 그는 내게 대화를 청하진 않았으나 자신이 존재하고, 여전히 살아 있으며, 만족스럽게 의식주를 누리고 있다는 메시지를 내게 전하고 싶었던 것이다. 그들은 역시 그를 손아귀에 넣지 못했다. 그런데 왜 그는 선뜻 악수를 청하면서 내 삶 속으로 걸어 들어오지 않았을까? 왜 그는 흠칫 뒷걸음질을 쳤고, 나와 폴린을 그 광장에서 떠나보냈는가? 이런저런 상념들이 그를 침묵하도록 그리고 그저 관망만 하도록 조정했다. 마지막 순간 그는 아마도 나를 만나는 일이 다 부질없는 짓이라고 마음을 고쳐먹었는지 모른다. 눈앞의 그의 실재를 의식하지 못한 채로 나는 적당한 노출을 찾아 주저하다가 만약을 위해 셔터를 두 번 더 눌러 결국 세 장의 사진을 찍은 셈이었다.

필립이 살아 있을까? 사진 속 남자가 필립일까? 그는 웃고 있는 걸까? 울고 있는 걸까?

폴린이 역 중앙 홀에 서 있었다. 그녀는 폭넓은 진청색 스커트에 크림색 블라우스를 입었고, 머리는 한데 모아 포니테일로 묶고 있었다. 그녀는 질책하듯이 고개를 살살 저었다.

"이 나라에서는 혹시 기차가 사학자님 도착하는 걸 기다려주기라도 하나요?"

그녀가 나무랄 데 없는 프랑스어로 쏘아붙였다.

우리는 서로의 입술을 맞대고 키스를 했다. 나는 미안하다는 말을 하고 나서, 전차가 연착했노라 변명하고 택시를 탈 걸 잘못했다고, 하지만 아직 여유가 있지 않냐고 덧붙였다.

"삼 분밖에 남지 않았단 말이에요."

그녀의 목소리가 홀 전체에 울려 퍼졌다.

나는 그녀의 가방을 집어 들고 함께 플랫폼을 향해 걸었다. 그녀는 마가린 오십 통을 담는 데 쓰였던 큼직한 상자에 이제는 부모에게 선물할 골동품 자기를 담아 들고 있었다.

"칠 번 플랫폼, 오 번 열차, 여섯째 칸, 좌석 번호는 삼십삼 번과 삼십사 번."

그녀가 플랫폼 표지판을 올려다본 채 나를 앞질러 가면서 중얼거렸다.

"난 당신이 필요해."

말꼬리가 춤을 추는 듯한 그녀의 뒤에다 대고 나는 다시 한 번 말했다.

"제 브주앙 드 투아, 제 브주앙 드 투아."

그녀가 미소를 지으며 돌아다봤다.

"십오 분 동안 당신에게 세 번이나 전화했단 말이에요. 야속한 사람 같으니라고. 당신이 나 혼자 떠나게 하려는 거라고 생각했어요."

우리는 서둘러 계단을 올랐다.

제3장

 육 개월 전에도 기차 안은 쾌적했다. 스산한 풍경이 평화롭게 창가를 스쳤다. 집도, 나무도, 도로도 만물이 꽁꽁 얼어붙은 듯했다. 경작지에는 싸늘한 냉기가 단단히 깔려 있었다. 이따금 산산이 흩어지는 연기가 지붕 위를 떠돌았다. 자동차는 냉혹한 추위를 피해 도망치듯 질주했다.
 나는 창가 쪽 자리에 앉아 우연히 같은 칸에 모여 앉게 된 생면부지의 남자와 여자 들의 시선을 외면하려 애썼다. 같은 칸에 탔다는 이유만으로 우리는 몇 시간 동안 일행이 되었다. 내일이면 이미 나는 그들의 얼굴을 잊어버렸을 것이고 길거리에서 마주쳐도 알아보지 못할 터였다. 사람들은 다리가 부딪칠까봐 서로 피했고, 침묵을 지켰다. 어차피 저녁쯤에는 다시 모르는 사람처럼 돌아설 텐데, 구태여 말을 붙이고 인사를 나눌 이유가 없었다. 간간이 누군가 일어나 통로로 나갈라치면 갑자기 일대 소란이 일었다. 저마다 다리를 쭉 뻗기도 하고, 잡지를 내려놓기도 하고, 또 감았던 눈을 뜨기도 했다. 레일 위로 바퀴가 굴러가는 굉음이 지나가면 정차역엔 괴괴한 정적이 뒤를 이었다. 손목시계를 들여다보는 사람도 있었고, 열차 시간표를 뚫어져라 바라보는 사람도 있었다. 서너 차례 누군가 말문을 열었다. 저 혹시 그 신문, 아니면 잡지 좀 빌려 봐도 될까요? 이 몇 시간 동안에는 본분을 다하려고 노력할 필요가 없었다. 나는 구석 자리를 그대로 지키고 있었다. 내 시선은 을씨년스러운 전원을 배회하다가, 이따금 자리를 뜨거나 뭔가 말하려고 입을 떼는 사람에게 옮겨갔다. 가끔 몇 분간 눈을 붙이기도 했다. 그런 식으로 나는 모르는 사람들과 만족스러운 시간을 보냈다. 따끈따끈한 종이컵 커피 두 잔과 셀로판지에 싼 치즈 샌드위치. 여행의 진공상태는 내 열망을 식혀주었다.

 종착역인 북역은 붐비고 추웠다. 나는 훈훈한 까만 외투로 몸을 휘감은 채 인파에 휩쓸려 플랫폼을 걸어 나갔다. 입구에는 기대에 부풀어 여행자들을 유심히 살피는 마중객들이 나와 서 있었다. 사람들은 추위 속의 기다림과 긴 여정을 보상해줄 만남의 순간을 애타게 기다리고 있었다. 나는 밖으로 나와 택시를 기다리고 있는 줄 뒤로 가 섰다. 건너편의 식당은 전구가 둘린 크리스마스트리로 치장되어 있었지만 거리에는 냉랭한 기운이 감돌았다. 푸조 자동차가 나를 튀르비고 가에 있는 사리오도르 호텔로 데려다줬다. 지난 몇 년 동안 내가 파리에 갈 때마다 묵었던 그 호텔에 집에서 전화로 미리 방을 예약했던 것이다. 내가 신상 카드를 기입하는 동안, 접수원은 호텔 장부에 고객 명단을 작성했다. 그녀는 붉은빛이 감도는 갈색 머리를 야무지게 뒤로 쓸어 올려 포니테일로 묶었고 하늘색 조끼를 입고 있었다. 그녀는 오른손 팔꿈치를 카운터 위에 받친 채로 왼손으로 글자를 적고 있었다. 그녀가 무심한 눈초리로 나를 힐끗 올려다봤다. 그녀의 목에는 작은 다윗의 별이 걸려 있었다. 오로지 그 별 하나만 가지고도 그녀는 충분히 내 눈길을 끌고도 남았을 것이다. 이름도 성도 몰랐지만 목에 찬 그 표시를 통해 나는 그녀의 과거를 가늠할 수 있었기 때문이다.

  이틀 동안 나는 방에만 틀어박혀 있었다. 식사를 하러 가거나 신문을 가지러 나갈 때를 제외하고는 방을 떠나지 않았다. 나는 파리에 와 있었고, 어느 작은 호텔 방 침대에 누워서 신문 기사와 광고와 이런저런 잡다한 소식들을 샅샅이 읽어댔으며, 텔레비전을 시청하면서 이쯤해서 내게 찾아옴 직한 마음의 평정을 초조함 속에서 기다렸다. 이 도피의 의례를 통해 불안을 내쫓고 나면, 만사를 운명에 내맡기고 전투를 끝낸 뿌듯한 마음으로 귀가할 의도였던가? 내 미래가 굳이 암담할 이유는 없었다. 나는 아이들을 통해 인생 공부를 할 수 있기를 바랐고, 그들의 성장 과정을 지켜보기를 원했으며 미커와는 결혼 생활의 실패를 시인하고 서로 이해하는 처지에서 합의를 이끌어낼 터였다. 우리는 저마다의 욕구와 약점에 굴복할 수밖에 없기에, 결국엔 모종의 균형과 질서가 잡힐 것이었다. 그리하여 내게 안도감을 안겨주는, 내 앞에 아직 남은 그 모든 것을 감지덕지 받아들이게 해줄 묵종의 파도에 몸을 싣고 떠다닐 터였다. 내 직업은 무상하기 짝이 없지만, 그 불완전함을 감수하며 그걸 세계와, 나의 세계와 동떨어진 추상적 영역으로 간주할 터였다. 그 영역은 오로지 교사들에 의해 학교에서만 적용 가능한 그런 규율들로 이루어진 불모의 제도가 되고 말 터였다. 역사는 무의미했다. 그리고 내 삶은 다가올 몇 년 동안 바람에 날리는 모래를 맞고 도처에 뿌리를 뻗어 자라나는 악착스런 이끼에 둘러싸여 끝내 붕괴될 건축물이었다. 나의 냉소주의는 보수주의로 돌변하게 될 터였다.

둘째 날 밤 나는 호텔 방에서 일본에 대한 프랑스 다큐멘터리를 봤다. 완벽한 영상에 단조로우면서도 감동적인 일본 음악이 흘러나왔다. 현재와 과거를 구분하는 서양식 구분이 그곳에서는 통하지 않는다는 사실을 화면 하나하나가 선명하게 보여주었다. 예전에 있었던 모든 것이 지금도 여전히 감각되고 인지되었다. 저들은 인생을 실제적 시간 위로 승화시켜 광활한 정신적인 시간을 창출해내는 연속체로 만들어내며, 그 속에서 가히 전통의 풍요로움을 만끽하고 있었다! 인간과 그들의 상징 사이, 필연과 갈망 사이의 조화를 암시하는 영상들을 나는 경이롭게 바라보았다. 처음으로 나는, 엉성하기 이를 데 없긴 해도, 나의 불안을 언어로 표현해볼 수 있었다.

다음 날 나는 시가지로 들어갔다. 목청이 터지고 가슴이 후련해질 만큼 매서운 날씨를 한껏 즐겼다. 눈의 뒷부분도 한층 개운해졌다.

파리는 크리스마스 준비에 여념이 없었다. 수백만 개의 전구들이 거리를 휘황찬란하게 비추었다. 두툼하게 껴입은 쇼핑객들이 선물 상자를 탑처럼 쌓아 들고 가느라 힘겨워했다. 가는 곳마다 호사스럽고 윤기가 자르르한 선물용 포장지가 널려 있었고, 사람들은 추위 때문에 빨개진 코를 하고서 얼어붙은 발을 녹여보려고 발을 구르며 종종걸음을 쳤다. 거대한 크리스마스트리로 장식된 하우스만 대로변의 백화점들은 대성황을 이루었다. 나도 소형 녹음기와 일본 음악이 담긴 카세트테이프를 하나 사서 스스로에게 선물했다.

해 질 무렵 나는 템플 가에 있는 서점에 들렀다. 이백 미터 떨어진 모퉁이에 있는 호텔로 돌아가던 길이었다. 책 무더기가 제멋대로 널려 있는, 먼지가 뽀얗게 내려앉은 진열장 앞을 지나쳤다. 나는 문득 걸음을 멈추고, 투에테이의 『프랑스혁명기 파리 역사에 관한 필사본 자료 개관』 몇 권을 발견했다. 이것은 1890년에서 1914년 사이에 출판된 편람으로서, 내 연구에 도움이 될 만한 자료였다. 나는 안으로 들어가 책값을 지불한 후 포장을 부탁했다.

늙수그레한 고서점 주인이 크리스마스 포장지로 책을 싸는 동안 한 젊은 아가씨가 안으로 들어섰다. 나는 그녀를 알아보지 못했으나, 그녀가 후덥지근한 가게에서 목도리를 풀자, 그녀의 목에 걸린 다윗의 별이 단박에 내 눈에 들어왔다. 그녀는 무슨 책을 찾으러 왔는지 주위에는 전혀 아랑곳하지 않고, 책장 두 개, P와 M 칸을 살폈다. 그러나 헛수고였다. 그녀는 생각에 잠겨 앞을 응시하다가 책상 위에서 그녀가 찾는 책을 발견했다. 폴리아코프의 『아리아 민족의 신화』였다. 그녀는 책을 펼쳐 한 문장을 읽더니, 계산대로 들고 와서 내 옆에 섰다.

그녀의 곱상한 옆모습이 한눈에 들어왔다. 눈에는 눈물이 촉촉한 채 그녀는 불안스레 사방을 두리번거렸다. 그녀의 콧방울은 양쪽 다 추위로 벌겋게 얼어 있었고, 입술은 카카오 크림을 잔뜩 발라 윤기가 자르르 흘렀다. 그녀가 몇 번인가 귀를 문질러댔다. 나는 순간적인 충동에 이끌려, 미처 그런 생각을 떨쳐버릴 겨를도 없이, 나도 모르는 사이에 그녀에게 무작정 말을 붙였다. 나는 그녀에게 인사말을 건넸다. 그녀는 내게 고개를 돌리더니 분개와 혼란 사이에서 망설였다. 그녀는 날 알아보지 못했지만, 인사치레로 대꾸를 해주긴 했다. 그러고는 이내 눈을 아래로 내리깔아버렸다. 짧은 침묵이 이어졌고, 우리는 둘 다 책을 포장하는 고서점 주인의 꾸무럭거리는 일손을 바라봤다. 나는, 그녀가 일하는 호텔에 묵고 있노라고 밝혔다. 그녀는 나를 또다시 올려다보며 기억을 더듬더니, 그제야 미소를 지어 보였다.

"그래요, 이제 알아보겠네요." 그녀가 내가 한 번도 들어본 적 없는 부드럽기 그지없는 음성으로 말했다. "듀잇 선생님 아니세요. 오늘 아침 호텔에서 나가시는 걸 봤지요."

그녀는 내 이름을 영어식으로, 듀잇이라고 발음했다. 매력적이었다.

나는 고개를 끄덕이고, 그녀가 계산대 위에 얹어놓은 책을 바라보면서 물었다.

"폴리아코프를 시작하실 계획인가보죠?"

그녀는 이 질문에 뭐라고 응대해야 할지 어쩔 줄 몰라 하더니 겨우 그렇다고 한마디 내뱉었다. 그러고는 나를 재는 듯한 눈초리로 빤히 들여다봤다.

 고서점 주인은 내 책 네 권을 요란스러운 크리스마스 종이 가방에다 집어넣고, 친근하고 만족스러운 미소를 지으며 내게 건넸다. 그는 고맙다는 인사를 하고 나서 『아리아 민족의 신화』를 집어 들었다. 나는 문으로 걸어갔다. 그리고 거기 그대로 계속 서 있을 기회를 잡았다. 나는 문 옆에 서 있는, 신간 서적들이 진열된 책장을 짐짓 관심 있는 척 찬찬히 관찰했다. 가슴이 두방망이질했다. 극도의 긴장 속에서 나는 무슨 말을 해야 할지 뇌에서 들려오는 온갖 명령에 귀를 기울였다.

 "당신과 차 한잔 마실 기회를 주신다면 그보다 큰 기쁨이 없을 것 같습니다." 내가 말했다.

 극도의 혼란 속에서 그녀가 의아한 표정으로 나를 올려다보고는 이내 눈을 내리깔더니 아무것도 못 들은 척하면서, 여전히 책을 포장하는 데 여념이 없는 고서점 주인의 눈치를 잽싸게 살폈다. 그러고는 칼날 같은 눈매로 날 다시, 찬찬히 그리고 야멸치게 쏘아봤다. 나는 멈칫했다.

 "어디 괜찮은 카페에 가서 잠깐 얘기라도 나누면 어떨지."

 나는 말하면서 미소를 지어 보이려고 노력했으나, 그녀의 잔뜩 켕긴 눈길 아래서 심기가 불편해지는 것을 느꼈다. 내 제안은 무례의 소치일 따름이니, 그녀가 응하지 않는 게 당연했다. 나는 얼굴이 붉어졌다.

"미안합니다." 나는 그나마 남은 체면이라도 건져보려는 뜻에서 말을 이었다. "기분 상하게 하려는 뜻은 절대 없었습니다."

나는 가게를 나와 호텔 방으로 도망쳤다. 손과 얼굴이 후끈후끈 달아오르고, 피부는 내 턱 주위를 팽팽하게 조이고 들었다. 심신이 피로했다. 나는 옷을 벗어부치고 얼얼한 다리를 이끌고 침대로 가 벌렁 나가떨어졌다. 몰려드는 수치감으로부터 스스로를 방어하려고 안간힘을 다했으나 소용이 없었다. 나는 소형 녹음기로 일본 음악을 들으며 마음을 가라앉히기로 했다. 그러고는 자세를 고쳐 침대 위에 길게 드러누웠다. 양팔을 몸에 나란히 붙이고, 베개도 베지 않고 맨 매트리스 위에 누웠다. 언젠가 명상에 대한 글을 읽은 적이 있는데, 그때 나는 사고를 지향하는 인간적인 욕구를 떨쳐버리는 기예를 닦는 수행법이 명상의 핵심이라고 이해했다. 명상에서 공(空)은 언어의 부재를 의미한다. 속박에서 해방된 기분으로 동물적인 상태로의 일시적인 귀환을 경험하게 되는 것이다. 한 치도 흐트러짐 없는 자세로 나는 단조롭고 애수에 찬 심정으로, 그러면서도 도달하지 못할 것을 염원하지 않는 그 자체로서 하나의 조화를 표상해주는 음악을 감상했다. 조화란 비애를 의미하던가? 음악의

진의를 해명하는 일을 포기하고 더이상 멜로디의 숨은 사연을 찾는 걸 포기하자, 명상이 목표로 하는 해탈의 공에 잠시나마 가까이 다가간 듯한 기분이었다. 무애자재(無碍自在), 무언실재(無言實在). 나는 잠이 들었고, 꿈을 꿨다.

나는 경기장 안에서, 수천 명의 인파 속에 서 있었다. 왜들 그렇게 모여 있는지 알 수 없었다. 사람들에게 물어봐도 내가 왜 거기 있는지 분명히 알 수 없었다. 사람들의 말소리로 장내가 시끌벅적했다. 알아들을 수 없는 생경한 언어였다. 간간이 알아들을 만한 몇 마디가 내 귀청을 때리자 마치 모든 게 완전히 분명해지는 느낌이었다. 가풀막진 관람석에서 굴러떨어질까봐 전전긍긍하며 나는 의자며 난간을 꼭 붙들고서 어떻게든 아래로 기어가는 데 성공했다. 안도의 한숨을 내쉬며 나는 벤치에 가 앉았다. 나는 주위를 두리번두리번하며 여전히 도무지 갈피가 잡히지 않는 여러 사람들의 움직임을 유심히 관찰했다. 이윽고 오래전부터 날 지켜보고 있었음 직한 군인 한 명이 내 주의를 끌었다. 우리의 시선이 마주친 순간, 그가 나더러 가까이 오라고 손짓했기 때문이다. 도대체 저이가 나더러 오라고 손짓하는 이유가 뭘까 못내 의아해하면서 자리에서 일어나 그를 향해 걸었다. 그런데 나는 도무지 그의 말을 알아들을 수가 없었고, 내가 못 알아듣고 있다는 걸 그에게 납득시키느라 안간힘을 썼다. 어깨를 으쓱 올려 보이기도 하고, 손으로 내 귀를 가리켜도 보고, 또 부정하는 뜻으로 고개를 좌우로 내흔들어 보기도 했다. 군인은 내가 못 알아들을 소리를 반복하더니 버럭 화를 냈다. 그가 다가와 내 팔을 휘어잡자 나는 화를 내면서 뿌리쳤다. 그러자 그는 자신의 카빈총 개머리판으로 매몰차게 나를 콕콕 찔러댔고, 나는 아픔을 느끼며 경기장 지하 통로 쪽으로 떠밀려났다. 나는 체포될까봐 잔뜩 겁을 먹고 있었는데, 뜻밖에 그 장교는 내게 철모와 총을 주며 장벽 가까이에 있는 자리를 하나 가리켰다. 거기서 나는 파수를 서야만 했다. 장벽 뒤에 감금된 죄수들을 보고도 나는 기겁하기는커녕, 그런 장벽에는 으레 죄수들이 갇혀 있기 마련이려니 생각하고, 나는 전쟁고아이므로 그들이 무장할 필요가 없음을 손짓 발짓으로 전달하느라 머리를 쥐어짰다. 나는 자고 있는 사람들 위를 휘둘러보다가 바로 왼쪽의 축축한 장벽 옆에서 나의 부모를 발견했다. 아버지는 똑바로 앉아 있었고, 어머니는 아버지의 양팔에 안긴 채 누워 자고 있었다. 저항할 수 없을 정도로 격렬하게 벅차오른 감격이 온몸을 휘감았다. 내가 아버지와 어머니를 찾아낸 것이다. 그들은 아직 살아 있었다. 그리고 나는 곧 그들에 대한 지극한 사랑이 샘솟았다. 나는 그들을 구해내야 했다. 이 경기장의 감옥으로부터 그들을 구출해야 했다. 격앙된 희열과 슬픔을 삭이기 위해 내 심장이 헐떡이며 중노동을 하는 동안, 나는 그들의 얼굴을 세밀하게 내 가슴속 깊이 새겼다. 한 번도 본 적은 없지만 지금 이렇게 분명하게 내 눈앞에 서 있는 그들의 얼굴을, 그들의 주름살을, 그들의 입술을, 그들의 눈썹을. 이게 바로 그들의 얼굴이었다. 마침내 나는 그들의 얼굴을 보게 되었다.

나는 잠에서 깨어, 자면서 눈물을 흘렸음을 알았다. 숨찬 횡격막으로부터 가느다란 흐느낌이 북받쳐 나왔다. 내 부모의 얼굴이 여전히 눈앞에 어른거렸다. 그리고 그들과 상면하게 되었다는 희열에 겨워, 또한 그들을 결코 만질 수는 없다는 감당할 수 없는 슬픔에 겨워 울고 말았음을 깨달았다. 나는 이내 마음을 가라앉혔다. 한동안 그렇게 꼼짝없이 누워서 복도에서 들려오는 은밀한 말소리, 옷이 스적이는 소리, 발소리, 삐걱대는 문소리, 변기 물이 빠지는 소리, 소곤대는 귀엣말 들에 귀를 기울였다. 그런 다음 더운 물줄기 아래서 꿈을 씻어 내리려고 샤워를 했다.

전에도 가끔씩 부모의 얼굴이 꿈속에 보이긴 했지만, 이처럼 선명했던 적은 한 번도 없었다. 꿈에서 그들을 만나고 그 자리에서 곧바로 절대적인 확신을 얻었던 그 순간의 감격은 여전히 생생했다. 그들이 살아 있을 당시의 모습 꼭 그대로를 보았다는, 꿈의 영역을 초월한 확신이었다. 그러나 기이하게도 내 머릿속에서 그들은 더 나이 든 모습으로 떠오르곤 했다.

내 부모는 1944년, 지금의 나보다 배젊은 나이에 수용소로 끌려갔다. 아버지는 스물아홉 살, 어머니는 스물세 살이었다. 꿈에서 본 그들은 가축수송 열차에 실려 가는 것 같았는데, 나이가 훨씬 더 들어 있었다. 그들이 나이 지긋한 육십대쯤으로 보였음에도 나는 대번에 그들이 내 부모임을 확신했다. 상상 속에서도 그들은 내 나이와 비례해 늙어가고 있었던 걸까? 뿐만 아니라 언젠가, 내 상상 속에서 그들은 자연사로 죽을 수도 있을 텐데, 그러면 나도 돌아가신 양친을 애도하는 다른 중년들처럼 그 죽음을 서러워하게 될까?

폴린은 내가 생동하는 눈과 손을, 조화로운 혼미상태를 갈구하던 그 순간에 나타났다. 노크 소리가 들렸다. 나는 실내 가운을 걸쳐 입고서 문을 열었다. 폴린이 눈앞에 서 있었다. 그녀는 힐난하듯 나를 뚫어져라 노려봤고, 정말 이럴 수는 없다는 표정으로 고개를 절레절레 내흔들며 내 옆을 스쳐 다짜고짜 방 안으로 들어섰다. 놀란 나는 문을 닫고 나서 정색을 하고서 그녀에게 몸을 돌렸다. 그녀가 극도로 흥분한 채로 너무 **빠르게** 말했기에 나는 그 장황설을 모두 알아들을 수는 없었다. 그러나 내가 무뢰한 소행으로 그녀를 모욕했다는 것 정도는 충분히 감 잡을 수 있었다. 그녀는 내가 이 호텔에 묵고 있다 해서 여직원을 마음대로 가지고 놀 수 있는 것은 아니라고, 게다가 자신은 이곳의 아르바이트생이고, 또 이렇게 손님한테 찾아와서 사실을 있는 그대로 고했다는 이유로 해고를 당하는 한이 있더라도 기필코 할 말은 해야겠다고, 당신은 여자를 한낱 남자의 노리갯감으로나 취급하는 남성 우월주의자임이 분명한데, 여자는 누구도 마음대로 가지고 놀 수 없는 독립된 인격체라는 점을 평생 다시는 잊지 않도록 지금 단단히 일러줄 것이며, 하물며 여자를 희롱하고 그런 다음 헌신짝처럼 버릴 작정으로 거북한 친절함을 베풀어 여자를 꼬여낼 수 있다고 판단했다면 그건 천부당만부당한 오해라고 쏘아붙였다.

그녀는 그렇게 몇 분 동안 크게 화를 냈다. 나는 마음을 가라앉히고, 그녀가 훈계를 늘어놓기 위해 나를 찾아왔음을 간파하고 나서는 묵묵히 그녀가 흥분한 채 쏟아내는 말을 경청했다. 그녀가 외투 단추를 풀었다. 그녀는 두꺼운 스웨터에다 거의 부츠의 윗부분까지 내려오는 길이의 통 넓은 스커트를 입고 있었으며 외투 주머니에는 벙어리장갑이 삐져나와 있었다. 그녀는 손짓을 자유롭게 하려는 듯 들고 있던 양복 세 벌을 침대 위에 내려놓았다. 아름답게 치렁대는 긴 머리를 그녀는 연방 어깨 뒤로 제치곤 했다. 날카롭고 매몰찬 눈매로 그녀는 내게 편협하고 무뢰한 남성 우월주의자라고 비난을 퍼부었지만 무척 강한 프랑스어 억양을 섞는 통에 그 단어는 그녀의 의지와는 달리 이색적인 요리 이름을 연상시키는 발음이 되어 튀어나왔다.

말을 거의 끝내고 나서 그녀는 만면에 만족스럽다는 듯 희색을 띠며 날 바라보았다. 그녀가 침대로 몸을 돌려 다시 양복을 집어 들고, 문 쪽으로 걸어갔다.

"그럼 며칠 더 파리에서 즐거운 시간을 보내시길." 그녀가 비꼬듯 말하고 방을 나섰다. 내가 뒤따라 나가며 "잠깐만요" 하고 입을 떼자 그녀가 걸음을 늦추고 승강기 문 옆에 멈춰 섰다. 그녀는 더할 나위 없이 무관심한 표정으로 나를 바라보았다.

"제 말을 그렇게 모욕적으로 받아들이셨다니 미안합니다. 진심으로 그런 의도는 아니었어요. 제가 말을 걸었던 건 우리의 관심사가 비슷한 것 같아서였어요." 크리스마스 선물인 폴리아코프의 책을 두고 한 말이었다. "게다가 유태인 여자 분과 얘기를 나눈 지도 상당히 오래되었기 때문이기도 하구요. 함께 뭐라도 한잔 마실 기회를 주신다면 제게는 여전히 큰 기쁨이 될 것 같은데요, 제발."

그녀는 눈길을 돌려 불이 켜진 하강 버튼의 화살표를 주시했다. 승강기 문이 열리자 그녀가 고개를 내흔들었다.

"농 메르시."

그녀가 승강기 안으로 들어가자 나는 나도 그녀 옆으로 가서 서야 하는 건지 망설여졌다. 그러나 문은 닫혔고, 그녀는 흐릿한 광택의 알루미늄 문 뒤로 사라지기 직전에 화난 얼굴로 다시금 나를 쏙 흘겨보았다.

카운터로 가서 무슨 핑계를 대서든 그녀의 주소를 알아볼 수도 있었다. 그러나 그건 지나친 대응이었다. 나는 앞으로도 몇 차례 더 밑에서 그녀를 보게 될 것이므로 기회는 충분했다. 우선 옷부터 갈아입고, 저녁때쯤 최고급 만찬으로 나 자신을 위해 근사하게 한턱 쓸 작정이었다. 그리고 두려움을 잊고 내 부모에 대한 추억을 되살려볼 참이었다. 다시 문에서 노크 소리가 났다. 문득 그녀일지도 모른다는 생각이 들었지만, 그건 아무래도 나의 희망사항에 지나지 않을 것 같았다. 나는 가서 문을 열었다. 폴린이 반쯤 몸을 돌린 자세로 앞에 서 있었다. 나는 묘하게 선정적인 자극을 느꼈고, 어떻게 홀연 사랑에 빠져들게 되는지를, 또한 어떻게 불현듯 키스를 퍼붓고, 애무하고, 그녀의 말을 음미해보고 싶은 충동이 솟구치는가를 온몸으로 체험했다. 그녀가 내 쪽으로 돌아서며 물었다.

"푸르쿠아?"

제발, 나는 속으로 외쳤다. 제발 그 왜냐는 질문만은, 그 절망적이고, 만사를 낙담케 하는 그 질문만은 하지 말아주길.

"쥐 느 세 파, 푸르쿠아 파?" 왠지 그 이유는 나도 모르겠고, 안 될 이유도 없지 않느냐는 내 대답이, 될 수 있는 한 진심으로 들리도록 나는 최선을 다했다. 그녀는 날 미심쩍다는 듯 살피다가 내 실내 가운으로 시선을 옮기더니 얼굴을 잠시 다른 쪽으로 돌렸다.

"정 그렇다면," 그녀가 말을 이었다, "좋아요, 대신 계산은 내가 할 거예요. 나는 남자들이 공연히 허세부리는 건 딱 질색이에요. 여기서 백 미터쯤 떨어진 거리에 카페가 하나 있어요. 거기 가서 그럼 저하고 뭐라도 한잔 같이 드시겠어요?"

그제야 그녀는 환한 웃음을 지어 보였다.

우리는 그녀가 말한 카페로 가서 술을 마셨다. 나는 대강 나 자신에 대해서, 내가 하는 일과 파리에 머물게 된 내막을 들려주었다. (물론 프랑스혁명에 나오는 사건들을 조사할 목적에서 여기 체류한다는 정도로만 해뒀지, 내 목을 조이려 드는 위협적인 일상에서 도피해 왔다는 말은 당연히 하지 않았다.) 그녀는 예술사학을 전공하며 용돈이라도 마련해볼 요량으로 크리스마스 연휴를 맞아 호텔에서 아르바이트를 하고 있다고 했다. 우리는 통성명을 했다. 그녀의 이름은 폴린 모스코비치였다. (그녀의 부모는 폴란드에서 건너온 유태인이었다.) 프랑스식으로 발음하면 폴이 될 내 이름이 그녀의 이름과 퍽 유사하다는 사실이 왠지 자위행위를 연상케 했던 까닭에 나는 가명을 둘러댔다. 대뜸 처음 머리에 떠오른 필립이라는 이름을 그냥 내 이름이라고 말해버렸다. 그러고서 그날 밤 늦게 내 진짜 이름인 파올이라고 불러달라고 그녀에게 고백하고, 내가 왜 가명을 썼는지를 해명하느라 진땀을 뺐다. 그러나 그녀는 나를 계속 필립이라고 불렀다. 이따금 우리의 첫 만남을 암시하는 대목에서는 유독 그랬다. 그녀에게는 필립이 나의 애칭이었다. 그녀에게 나는 폴이자 필립이었다.

카페에서 마신 술값은 폴린이 치르고, 저녁에 같이 간 앵발리드 대로에 있는 레스토랑에서는 내가 한턱을 썼다. 그녀는 재치 있고, 곱고 예뻤으며, 내가 만나본 유태인 여자치고는 남달리 빼어난 외모를 지니고 있었다. 나는 그때까지 고아원과 대학에서 몇몇 유태인 여자들과 알고 지낸 적이 있었지만, 그들을 연애 상대로 여긴 적이 없었고, 기껏해야 동병상련을 느끼는 정도였다. 나는 우리가 같은 배경을 가지고 있음을 알아차렸다. 비록 우리가 알게 된 지 몇 시간밖에 되지 않았고, 우리의 모국어가 서로 다르긴 했지만 우리는 동일한 화제에 동일한 단어를 사용하고 있었다. 같은 부류에 속하고 가정이나 비밀 같은 뭔가를 더불어 나누며 사는 사람들처럼, 우리는 교감을 나누었다. 자신에 대해 한없이 털어놓고만 싶은 긴박감이 한시도 가시질 않았으며, 이내 우리 사이에는 둘을 하나로 긴밀하게 맺어주는 어떤 믿음이 자리 잡았다. 그게 바로 모험을 향한 욕구였음을 훗날 깨달을 수 있었다. (그때 나는 네덜란드에 두고 온 상황과 완전히 절연할 용기는 없으면서도 거기에서 벗어난 무엇인가를 갈망하고 있었다.) 나는 그녀보다 열다섯 살이나 위였는데, 이런 나이 차이는 도리어 욕망을 부추겼다. 우리는 열락의 첫날 밤을 맞이했다. 우리는 열띤 토론을 벌였고—그녀는 열렬한 유태민족주의자였으나, 일종의 말만 하는 살롱 시오니스트였다—그리고 나서는 흔연스레 한바탕 허리를 잡고 웃기도 했다. 와인 덕분에 서서히 부드러운 마취에 빠져들자 우리가 주고받는 시선은 매번 서로를 향한 애틋한 갈구를 더욱더 부채질했다. 나는 그녀에게 반해버린 게 분명했다. 그러나 나는 내 열애의 감정을 감출 수 있었을 뿐만 아니라 필요하다면 저항할 수도 있었다.

우리는 내리 삼 일을 밤마다 만났다. 셋째 날 밤 우리는 구구에 위치한 그녀의 아파트에서 정사를 나누었다. 크리스마스이브였다. 밖은 성당 종소리로 요란했다. 교인들이 성당에서 평미사를 드리는 동안, 우리는 서로의 어깨를 깨물고 있었다. 혹독하게 맵찬 밤이었고, 작은 붙박이 가스난로의 난롯불은 영따뜻해질 기미가 안 보였다. 우리는 이불을 여러 겹 둘러쓰고 누웠다. 그러고는 얼음장 같은 방 안의 머리맡에다 미리 갖다 둔, 음식이 담긴 접시나 음료수 병을 집을 때만 침대 밖으로 팔을 뻗곤 했다. 우리 관계의 시작이었다.

내가 암스테르담으로 돌아가기 전까지 우리에겐 일주일의 시간이 남아 있었다. 개학을 하게 되면 매일같이 나는 스스로의 살벌한 주문을 교실마다 엄포하고 다닐 터였고, 학생들은 그에 맞먹는 강력한 힘으로 대적해 올 게 뻔했다. 파리에서 폴린과 새롭게 출발하는 건 어떨까 거듭해서 고민해보았다. 그러나 새롭다는 게 과연 무슨 뜻일까? 우격다짐 정도로 과거와 완전히 단절할 수 있을지도 사뭇 의심스러웠다. 거울에 비치는 똑같은 얼굴, 탁자 위에 얹힌 똑같은 손들. 뿐만 아니라 살림을 꾸려가자면 생계 문제도 따랐다. 프랑스어에 대단히 능숙해지는 데만 해도 몇 년은 걸릴 것이며, 의사소통이 가능해지더라도 넉넉한 생활비를 벌 수 있는 자격증이라든지 직업이 없는 형편이었다. 내가 아는 역사는 프랑스에서 필수적으로 알아야 할 것과는 근본적으로 달랐다. 아닌 게 아니라 나는 광범위한 지식을 요하는 프랑스 역사의 한 장을 전공하긴 했지만, 그것만 가지고는 프랑스에서 교사 자격증을 딸 수 없었다. 게다가 바로 그런 과거의 생활로부터 등을 돌리자는 게 내 의도가 아니었던가? 그게 바로 내가 알고 있는, 나를 괴롭히며 절망으로 밀어넣은, 역사의 신빙성 없는 인과율과 불가항력이 아니면 무엇이란 말인가?

가령 내가 여기 그대로 주저앉아 새로운 생활을 시작한다면, 나는 전혀 다른 뭔가를 해야 할 것이었다. 내 이름은 필립 드 위트가 될 것이고, 나는 영어식 억양을 섞어 프랑스어로 말하는 법을 익혀야 할 것이었다. 나는 콧수염을 기르고, 트위드 방모직물을 전문적으로 거래하며, 그 천으로 만든 옷을 걸친 상인이 되어야 했다. 파리에서 트위드 직물 계통의 생업에 종사하며 네덜란드에서 자란 유태인 혈통의 영국인. 그의 과묵한 유머는 물론이고, 전문대학에서 예술사학을 강의하는 그의 아리따운 젊은 처 덕분에 그는 세간의 이목을 끌게 될 터였다. 그들의 사생활에 대해서는 소문이 자자할 것이고, 그 단순한 방모직물 상인과 공부깨나 한 여교수가 한 침대에 누우면 무슨 화제로 이야기를 나눌까에 대해 사람들은 입방아를 찧으리라.

나는 그런 인위적인 안정을 오래 견디지 못할 터였다. 그것들은 죄다 내가 진부하고 타락한 것이라고 배척해온 사상에 근거한 것들이었다. 안정이라는 게 얼마나 상대적이고 주관적인지 끊임없이 의식해온 내가 그걸 어떻게 받아들일 수 있겠는가? 그런데도 나는 역사를 구성하는 실제적인 확실성에 대한 동경을 느꼈고, 시간과의 신빙성 있는 유대 관계를, 어쩌면 심지어 그와의 종교적인 유대 관계까지도 창출해내는 사연들, 과거로부터 현재를 낳는 사연들에 대한 갈망을 느꼈다.

폴린과 함께 생 라자르 거리에 있는 유태교 회당을 방문했을 때, 나는 그녀와 더불어 새로운 신앙적인 삶을 누릴 수 있다는, 또 하나의 예측하지 않았던 가능성이 내 앞에 있음을 발견했다. 그 어떤 대폭풍으로도 사라지지 않을 과거라는 깊은 뿌리를 우리는 공유하고 있었다. 또 하나, 그 방문으로 인해 나는 나를 파리로 이끌고 온 불안이, 사실은 전혀 모순되는 두 개의 원인에서 비롯되었다는 사실을 분명히 자각했다. 나는 한편으로는, 체계적인 경로를 밟은 발전들도 물론 있긴 하나, 역사가 순리적인 절차를 좇아 전개된 게 아니라는 신념에 차 있었다. 그러면서 또 한편으로는, 유태인이라는 나의 출신에 심취함으로써 역사의 의미심장한 흐름을 신뢰하게 되기를 간절히 염원해왔던 것이다.

나는 토라의 낭독을, 그리고 두루마리 기도문 주위에 모여 순종을 약속하는 남자들의 구송을 들으면서, 그들 곁으로 가서 초시간적인 문구를 찬양하는 선창자의 소절을 함께 외고 싶었다. 나는 토라의 자음들을 발음해보고 싶었고, 위안을 주는 의식의 광채를 체감해보고 싶었다. 내가 집과 학교에서 사용하는 말과 몸짓 들은 회당 안에서 이루어지는 의례 앞에서는 공허할 따름이었으며, 한낱 조롱거리에 불과했다. 나는 시간과 화해하고 싶었다. 나의 개인적인 역사에 더불어 보편적인 역사와도.

그러나 이 모든 가능성을 나는 다 물리쳐버렸다. 난감한 문제들이 우후죽순처럼 생겨날 테고, 나는 의무에 못질 당해 옴짝달싹 못할 것이며 나아가 딸아이들을 아버지 없이 자라게 할 엄두도 나지 않았다. 나는 분명 양심의 가책을 느낄 것이고, 스스로를 죄인으로 여길 터였다. 아버지 없이 성인이 된다는 게 무얼 의미하는지 나는 경험으로 알고 있었다. 나는 언제나 주위의 동정을 샀고, 내가 타인에게 동정을 베푼 것처럼, 나도 동정 어린 대우를 받아왔다. 나의 역사와의 교감은 '아버지 탐색 여행'의 징조가 아니었던가? 그리고 나의 불안은 희망을 버린 뒤에 찾아온 회의가 아니었던가? 폴린이 데리고 간 유태교 회당은 나를 그런 사념들로 이끌었으나, 그건 불안을 가라앉히는 데 별 도움이 되지 않았기에 나는 이윽고 그런 잡념들을 떨쳐버렸다.

그해의 마지막 날 우리는 오페라 거리에 있는 근사한 일식집에서 함께 점심을 했다. 우리는 다리를 포개고 등을 구부린 자세로 바닥 위의 방석에 앉았다.

"불교는 육체적인 문화예요." 폴린이 말했다. "하지만 유태

사상은 그렇지 않거든요. 그래서 우리가 지금 이렇게 앉아 있는 걸 불편해하는 거예요."

"계속해봐." 내가 다그쳤다. "난 이 방면에는 문외한이라서."

그녀는 미소를 머금고, 대나무 젓가락을 만지작거렸다.

"우리 유태인들은 언제나 육신을 감추고 살아요. 저 측은한 하시디즘* 일파의 유태인들을 한번 생각해보세요. 그네들은 오로지 손과 얼굴만 태양 아래에 드러내거든요. 우리 문화는 육신을 적대시해요. 적어도 그래왔어요. 시오니즘** 운동이 그런 사고방식에 변화를 가져다주긴 했지만요."

"왜 그런 차이가 존재하는 거지?"

"종교의 기본요소에서 나타나는 중대한 상이점에서겠죠, 그러니까 문화적 차이이기도 하구요." 그녀가 느릿하게 말꼬리를 흐리더니, 다시 미소를 지어 보이며 덧붙였다. "이건 어디까지나 가설이라는 점을 명심하고 들어주세요. 불교에서는 유태인들처럼 문화와 자연을 구별하지 않아요. 인간은 신의 형상을 본떠 똑같이 창조되었고, 우리의 육신은 아직도 우리가 동물처럼 배회하던 낙원을 떠올리게 하거든요. 이로 인해 어쩜 유태

---

* 18세기에 폴란드와 우크라이나의 유태교도 사이에 일어난 경건주의 경향의 신앙 부흥 운동.
** 세계 각지에 흩어져 있던 유태인들이 팔레스타인에 민족국가를 건설하려는 운동.

교를 특징짓는 요소인지도 모를 그 해괴한 이중성이 태동했어요. 우리는 낙원을 동경하는 반면, 거기에 발을 딛는 걸 두려워해요. 왜냐하면 그럴 경우 우리의 가장 소중한 정신활동을, 즉 갈망을 모조리 단념하지 않으면 안 되거든요. 자연에는, 그러니까 그 낙원에는 신이 살고 있고, 그건 아마 신의 발현이라고 할 수도 있어요. 그리고 신은 최선이자 최고의 절대자이기 때문에, 신에게 다가가기 위해 우리는 사고와 행동을 수련해야만 해요. 그래서 우리는 문화를 통해 자연에 접근하려고 노력하지요. 그런데 우리 육신이 문제죠. 이건 과연 문화에 속하는 걸까요, 자연에 속하는 걸까요? 우리가 이걸 변칙으로 감추어야 하는 걸까요, 아님 이걸 관리해서 완벽을 추구해야 하는 걸까요? 우리가 지닌 엄격한 위생법은 사실 우리 자신의 청결을 위해서라기보다는 더이상 병균에 전염되지 않기 위해서 있는 거예요. 음악과 문학은 예로부터 우리 스스로를 표현하는 수단이었어요. 그것들은 비물질적이고, 형체를 지니고 있지 않고, 영상을 불러일으킬 따름이죠. 불교에서는 신이 하나의 영상이에요. 그는 사당에 상주하고 있고, 실제로 존재하고, 자연의 불가침 속으로 퇴진해버리지도 않았어요. 문화와 자연은 구분할 수 없는 일체예요. 육신이란 난해한 이중성의 목적물이 아니라, 이 역시도 의식화된 거죠. 예를 들어 벨리댄스 같은 무용, 전투 의례, 그리고 사무라이의 자결 의례 또한 신적인 존재의 무한대성에 대한 표상인 거예요. 삶은 극소한 단위에 이르기까지 모두 의식화되어 있고, 육신은 그런 신적인 존재와의 사랑놀이에 일역을 담당하고 있어요."

"사랑놀이?"

"네, 그래요." 그녀가 말을 받았다. "어떤 신앙생활을 막론하든 제각기 사랑을 되돌려받기를 희망하고 기대하면서 하는 사랑의 행위라 할 수 있지요."

"그런데 폴린이 이 문제에 탐닉한 이유가 뭐지?"

"내가 알고 있던 상식에서 완전히 벗어나 있는 그 이질성 때문이죠. 특히 내가 본 스케치와 묵화 같은 예술 작품들은 우리네 예술 표현과 너무 달랐어요. 불교 신자들은 존재의 완벽성을 추구하려고 노력하는데, 그들에 의하면 그들이 창조하는 건 삶과 죽음, 문화와 자연, 음과 양 사이에 존재하는 균형이에요. 그런데 우리는, 죽음과 자연은 불가해하고 알 수 없다는 이유로, 우리의 분열에, 부조화를 극복해보려는 우리의 절망적인 노력에 형태를 부여해요. 우리가 사용하는 천칭의 한쪽 저울판은 문화적인 우리 인간이고, 다른 저울판은 자연과 죽음이 합치를 이루는 신이에요. 그런데 신이 우리에게서 고개를 돌리고 있다는 걸 우리는 전쟁을 통해 이미 체험한 바 있지요. 그로 말미암아 우리 예술도 역시 이중적인 태도를 보여요. 예술은 고통스러워하고, 슬픔의 종말을 갈구하지만 동시에 신을 폐위시키려는 흉측한 시도 속에서 형식의 완벽성을 추구하고 있어요. 우리는 그의 왕좌를 찬탈하고 싶어하고, 그리고 바로 그러한 음흉한 바람 때문에 신이 우리를 저버리고 돌아섰지요."

나는 그녀와 키스를 하고 싶었으나, 나지막한 밥상의 폭이 너무 넓어 그녀의 입술에 가 닿기가 어려웠다.

"불교 신자들은 신체가 유연하게 단련되어 있으니 이 밥상 위를 쉽사리 넘어 뽀뽀할 수 있지 않을까?" 내가 물었다.

"물론 그렇겠죠." 그녀가 맞장구쳤다.

"그럼 우리도 불교를 믿도록 하자고." 내가 말했다.

그녀는 미소와 함께 고개를 저었다.

"유태인다운 해결 방법은 뭐라 해도 역시," 그녀가 말했다. "이 밥상 중간을 톱으로 자르거나 아님 그저 옆으로 밀어붙이는 거죠. 나는 그중 두번째 방식이 더 마음에 드는걸요. 그게 아까운 밥상과 우리의 척추를 동시에 구제하는 묘안이거든요."

식사 후 우리는 추운 시가지를 정처 없이 거닐었다. 우리는 옷을 잔뜩 껴입은 채 심호흡을 하며 맵찬 공기를 맛있게 들이마셨다. 거리는 부산스러웠다. 우리는 샴페인 한 병과 통조림과 과일을 샀다. 짬짬이 나는 그녀의 사진을 찍었다. 바스티유 광장에서도 사진을 찍기 위해 발걸음을 멈췄다. 하늘이 잿빛으로 변했고, 일찌감치 땅거미가 깔렸다. 나는 사진기의 노출 조절에 자신이 없었기에 각기 다른 셔터 속도와 초점거리에 맞춰 세 장을 연거푸 찍었다. 그녀는 내가 그녀의 사진을 찍을 때마다 번번이 더없이 절박한 표정으로 나를 주시했으나, 이번만큼은 미소를 지어 보였다. 아마도 우리가 프랑스혁명 덕분에 이 허허벌판의 공허한 광장을 멋들어지게 광활한 앵글 속에 포착할 수 있게 되었다는 내 말 때문인 듯했다. 그런 다음 우리는 그녀의 아파트로 향하는 지하철을 탔다. 다음 날은 새해 첫날이었다. 그날도 역시 강추위가 기승을 부렸다.

제4장

 육 개월 후, 우리는 객실에서 환기를 하려고 창문을 아래로 돌려 열었다. 해가 통로 쪽으로 내리쬐었다. 우리는 규칙적으로, 트렁크나 배낭을 들고서 땀을 흘리며 지나가는 여행자들의 모습을 보았는데, 그들은 우리의 일등 객실의 빈자리를 어리벙벙한 자세로 노려봤다. 우리는 객실을 독차지하고 있었다. 폴린은 내 맞은편에 앉아서, 그녀가 여태 모르고 있던 파트릭 모디아노의 데뷔작*을 읽었고, 수시로 한 구절을 뽑아 들뜬 목소리로 내게 읽어주곤 했다. 그러다 얼마 지나지 않아 그녀는 책을 덮었다. 그녀는 그 책을 높이 평가해야 할지, 경시하고 말아

---
*『에투알 광장』(1968)을 가리킴.

야 할지 혼란스러워했다.

"당신은 이 책을 어떻게 읽었어요?" 그녀가 물었다. "충격적이지 않았어요?"

"약간." 내가 말했다. "당신은 어때?"

그녀는 어깨를 들썩이고, 고개를 내저었다.

"난 잘 모르겠어요. 처음 몇 장에는 상당히 매료되었는데, 뭣 때문인지 영문을 모르겠거든요. 집에 가서 마저 읽을래요. 집에 가면 혼자 적적하게 지내게 될 테니까요."

"나는 감명 깊게 읽었어." 내가 말했다. "집어던지고 싶은 대목도 없었던 것 같고. 작가는 전쟁의 마수에서 헤어나려고 몸부림을 치잖아. 존경심과 진지함을 가지고는 진상을 캐내지 못했을 거야. 그래서 다른 방법으로, 다른 수사법을 통해 정곡을 꿰뚫어보려고 기를 썼을 거야."

"그럼 당신도 그럴 용의가 있다는 건가요?" 그녀가 물었다.

나는 고개를 흔들어 부인했다. "그렇다는 건 아니고." 내가 말을 이었다. "하지만 난 작가의 냉소적인 태도는 다분히 이해가 돼. 선과 악은 전쟁 중에 결정적으로 소멸되고 말았지. 우리의 추억은 참혹한 영상들로 더럽혀졌어. 시체로 우글대는 산천의 사진들이 우리의 기억을 부식시켜놓았고. 적어도 내게는."

그녀가 고개를 끄덕였다. "그래요."

"수용소의 장면들이 아직도 생생해. 그런데 어이없게도 나는 스스로를 그 현장에 옮겨놓음으로써 악마 같은 쾌감을 맛볼 때가 더러 있어. 그게 무슨 심리인지 분석이 잘 안 돼. 정화된 영혼과 속죄 그리고 심판의 마지막 날을 지향하는 은밀한 염원 같은 걸까? 아무튼 아우슈비츠 이후의 시대를 사는 내가 어떻게 순수할 수가 있는가? 하는 생각을 가지고 모디아노는 작품을 썼겠지. 이 책은 이런 복잡한 태도의 반영이야. 우리가 새 국가 건설을 위해 육백만 명을 신에게 희생물로 바친 거라고 주장하는 시오니스트들도 있잖아? 이스라엘을 위해서 말이야!"

그녀는 자세를 고쳐 앉고, 나직하게 혼잣말로 투덜댔다. "미련한 정신박약자들이에요." 그녀가 말을 이었다. "유태인 해방이 고국에 이르는 결정적 단서가 되었지요. 이민은 전쟁 전부터 이미 진행되고 있었는데 전쟁이 가속화시켰을 뿐이죠."

"이스라엘이 반드시 건국되어야 했나?"

"물론이죠. 그건 역사의 흐름이에요."

내 반응을 짐작하고 있었기에 그녀는 웃음으로 받아넘겼다.

"만약 그게 48년도에 성사되지 않았고, 아랍인들을 막아낼 수 없었다면, 그럼 그다음엔?"

"아랍인들을 막아내긴 했잖아요."

"그렇지만 자칫했다간 일을 그르치고 말았을걸. 전쟁이 다른 쪽으로 결판날 뻔했으니까. 간발의 차이였지."

"그런 식의 논리는 불합리하게 들려요. 당신을 상심시키는 한이 있더라도 물어봐야겠어요. 대체 그런 논지를 펴서 뭘 얻겠다는 건가요?"

"난 우리가 사실로 간주하는 것의 절대성에 맞서 싸우고 있어. 1948년의 전쟁이 다른 식으로 종전되었을 가능성은 농후했지. 전쟁이 지금 같은 상태로 결말이 났다고 해서 반드시 이렇게 되었어야 했다는 필연성이 존재한다는 의미는 아니야."

"하지만 그 점은 헤르츨이 이미 그의 저서에서 밝힌 바 있고, 바이츠만도 그걸 다루었고, 밸푸어는 선언서를 작성하기도 했잖아요? 그것들이 다 결과적으로 어떤 결실에 이르도록 해준 과정이 아니겠어요?"

"내가 문제 삼는 건 그 필연성이라는 거야." 내가 계속했다. "학문에서는, 어떤 이론이 한 사건의 이후뿐만 아니라 그 이전의 경위도 설명해줄 때 과학적이라 인정되거든. 그런 식의 설명은 역사에는 적용할 수 없음에도 불구하고, 대다수 사람들은 역사적인 과정에 따른 결과를 마치 필연적이고 과학적인 것인 양 이해하고 있단 말이야."

그녀는 미소를 띠고서 고개를 내저었다. "그럼에도 명백한 발전들은 있어요. 아메리카의 발견, 증기기관차의 발명, 다윈의 생물학 등과 같이 중대한 사건들과 부합되는 발전들 말이에요. 이 모든 게 인류의 사고를 변화시켰고, 그런 새로운 발명품들이 발전의 발판이 되기도 했고요. 헤르츨은 노동자들이 단결하여 그들의 권익을 위해 싸우던 시대가 배출한 인물이자, 여자들이 빅토리아시대의 통속적인 꿈에서 깨어난 때의 시대적 요청이었어요. 자유경제는 해방된 시민 계층을 필요로 했고, 그리고 증가된 생산력에 비해 판매 시장이 그리 크지 않았음이 드러났을 때 노동자들도 해방시킬 동기가 마련되었지요. 유태인의 해방은 그런 흐름에 딱 들어맞거든요."

"그러니까 당신한테는 시오니즘이 사회주의의 유태인 민족적인 변형이라는 거지?"

그녀가 고개를 끄덕였다. "물론이죠."

"아니야. 당신은 현실에는 존재하지 않는 의미심장한 발전을 역사에서 찾고 있어. 물론 우리의 가능성은 확대되고 있지, 우리는 지금 루이 16세가 타고 도주하려 했던 마차보다 열다섯 배 정도 빠른 속도로 달리는 기차 안에 앉아 있으니까. 하지만 나는 이 같은 위상이 과연 우리의 안녕에, 우리의 염원에 어떤 본질적인 의미를 지니는지 의문이 들어. 루이 16세가 기차를 염원하고 있었던가? 아니지, 이런 것에 대해 그는 개념조차 가지고 있지 않았어. 따라서 그는 염원할 수도 없는 입장에 처해 있었던 셈이지."

그녀는 고개를 내저었고, 이해할 수 없다는 듯 나를 찬찬히 들여다봤다.

"단지 내가 강조하고 싶은 건," 내가 명확하게 입장을 밝혔다. "당신이 언급한 그런 발전들이 내 관점에 대립되는 이견이 아니라는 점이야. 더군다나, 내가 어떻게 인류 문화에 그처럼 박차를 가해준 발전들을 도외시할 수 있겠어? 다만 나는 초점을 단지 몇몇 결정적인 사건들의 필연성에 두고 있다는 거지."

"예를 들면요?" 그녀가 회의적인 투로 말을 받았다.

"예를 들어, 루이 16세의 바렌으로의 도피."

"도대체 왜 네덜란드 사람이 우리 역사를 가지고 왈가왈부하는 거죠?" 그녀가 장난기 섞인 한숨을 내쉬며 말했다. "내가 당신네들 역사에 골몰한다는 건 나로서는 상상조차 하기 힘든 일인데."

"우리의 사고방식은 프랑스의 국수주의와 다르거든." 내가 말했다.

그녀는 깔깔대면서 마치 선서하듯 오른손을 들어 올렸고, 그러고는 노래를 불렀다. "나는 프랑스 국민입니다. 즈 쉬 윈느 프랑세즈."

"정말 그렇게 갑자기 우리, 당신 하는 투로 말하긴가?" 내가 물었다. "당신 유태계 프랑스인이야, 프랑스 국적의 유태인이야?"

"글쎄요, 모르겠어요. 당신은요?"

"나도 몰라."

"그런데 당신은 왜 그렇게 우리 루이를 가지고 못살게 구는 거죠? 당신네들에게는 루이 같은 자가 없나요?"

"우리 루이들은 빌름 혹은 영어로는 윌리엄이라고 불려. 하지만 당신 나라의 루이들처럼 권력을 장악한 자는 아무도 없었어. 영국 왕까지 겸했던 윌리엄 3세 한 명을 제외하고도. 그런데 루이 16세 도피 얘기 알지?"

"어렴풋해요."

나는 루이 16세의 도피 이야기를 대략 간추려서 들려주었고, 제 본업은 속일 수 없었던지라 어느 틈에 선생님 말투로 변해 있었다. 나는 사실을 마치 구슬을 꿰듯 한 줄로 쭉 나열했다. 언제 그 끈이 끊어져 구슬들이 우리의 손과 발로 데굴데굴 춤을 추며 떨어질 것인가? 폴린은 흥미진진해하는 기색이었고, 성의 있게 경청해주었다. 그녀는 한시도 내게서 시선을 떼지 않았는데, 나의 말은 물론 나의 동태와 망설임에도 그녀는 주의를 흩트리지 않았다. 그녀의 관심에 나는 다소 부담을 느꼈으나, 상투적인 말주변으로 계속 말을 이어나갔다. 내가 파리에 가는 목적을 그녀가 알아차린 건 아닐까? 그녀는 필립에 대해서 아무것도 아는 게 없었다. 내가 언젠가 가명으로 사용한 그 이름의 주인에 대해서. 마치 내 속을 훤히 들여다보는 양 그녀가 날 주시하고 있었다. 그녀의 시선을 피하면서 나는 루이 16세의 도피 이야기를 간략하게 들려주었다.

 1791년 6월 20일과 21일에 시도된 도피 여행 훨씬 이전에 이미 루이 16세, 마리 앙투아네트 그리고 그들의 두 아이들을 프랑스에서 탈출시킬 계획이 짜여 있었다. 마리 앙투아네트와 내연 관계를 맺어왔던 스웨덴인 한스 악셀 폰 페르젠을 위시하여, 영향력 있는 귀족 출신의 왕정파 진영의 일부가 왕정의 구제를 기도했다. 전국이 혼돈상태에 빠졌고, 이를 데 없이 숭고하고 보배로운 헌법들을 제정한 의회에서는 별의별 희한한 광경들이 재현되었는가 하면, 곳곳에서는 반란군이 봉기하여 거리를 장악했다. 사실상 나라는 이미 공화국 체제를 갖추게 되었지만, 법률상으로는 입헌군주국이었다. 그럼에도 의회는 헌법을 통해 그들에게 전권의 광휘를 부여해줄 계기를 포착하지 못하고 역량 부족을 여실히 드러내고 있는 실정이었다. 무수한 소요와 시위가 발생하여 나라가 아수라장이 되었고, 경제 상황이 악화되어 국민들은 기아에 시달렸다. 의회가 국민의 신임을 받았음에는 의심할 여지가 없었음에 반해, 혼돈상태에 대한 대부분의 책임이 루이에게 전가되었고, 정세는 갈수록 점점 흉흉해져 더 큰 영역으로 파급되어갔다. 공모자들은 국왕 일가를 일단 해외의 안전지대로 대피시킨 다음, 외국 군대들과 예기되는 국내의 반란을 이용하여 변화를 철회시킬 공작을 폈다. 갖가지 사건들로 말미암아 도피 기도가 연기되다가 1791년 6월 20일에야 실행에 옮겨졌다. 신의가 철석같은 소수의 내부 인사들만이 이 사실을 알고 있었다. 거사에 대한 사전 계획이 얼마나 물샐틈없이 치밀했던지, 왕의 일족이 그들의 여러 지지 병력들의 보호하에 있던 메스에 주둔한 변방 사령관 마르키 드 부예 군대의 비호를 받고 있던 중에야 비로소 도피 행각이 발각되었을 정도였다.

도피 기도는 단순하지 않았다. 왕의 일족은 그간 장기간 튀일리 궁전에서 살면서, 국민군의 수백만 병사에 둘러싸여 철통같은 감시를 받고 있었다. 폰 페르젠은 그의 여자 친구 드 코르프 남작 부인이 조달한 자금으로 도피 계획을 수행할 마차를 구입했다. 진청색과 노란색의 목공예 의자, 연노랑색의 차륜 그리고 하얀 융단으로 덮개를 씌운 여섯 마리의 말이 끄는 대형 베를리너를.

6월 20일 월요일 밤, 열한시가 약간 넘은 시각에 가장한 일가는 파수꾼의 감시망을 피해 뒷문으로 궁전을 빠져나왔고, 임대 마차를 타고서 베를리너가 대기하고 있는 드포드생마르탱으로 수송되었다. 베를리너에는 (여행 중에 사용하기로 한, 아이들의 여자 가정교사의 이름인) 드 코르프 남작 부인의 가족들, 즉 여자 가정교사(마리 앙투아네트)와 그녀의 아이들(황태자와 그의 여동생), 그리고 궁중 집사(루이 16세)가 각각 자리를 잡았다. 진짜 드 코르프 가문은 원래 페르젠과 친분이 두터운 러시아 호족으로서, 외무성으로부터 프랑크푸르트로 여행할 여권을 미리 발급받아놓았었다. 그 여권 사본을 가지고 베를리너는 북동 국경을 향해 달렸다. 봉디에 이르러 페르젠은 좀더 북쪽으로 난 길로 노선을 달리했는데, 따로 이동하는 것이 안전했기 때문이었다. 계획대로 그는 벨기에 방향으로 향한 끝에 목적지에 무사히 당도했다. 클레에서 베를리너는 캐브리올레이와, 다시 말해 브리그니 부인과 푸르빌 부인 두 시녀를 태운, 말 세 마리가 끄는 작은 포장마차와 합류했다. 이 두 마차는 그 후 전 여행 기간 동안 운명을 같이했다.

1791년 6월 21일 화요일, 후덥지근한 날이 밝았다. 그들은 도중에 마차 안에서 몇 차례 간단히 요기를 했고, 또는 서너 차례 멈춰 다리를 펴기도 했다. 그러나 계획대로 움직여야 했으므로 삼사 분 이상은 절대 쉬지 않았다. 그랬음에도 그들은 결과적으로 시간을 너무 허비한 탓에, 마르키 드 부예 사령관이 퐁드솜머빌에 배치해둔 호위대를 놓치고 말았다. 계획상으로는 일행이 그곳에 오후 두시 반경에 도착하게 되어 있었으나, 실상 여섯시에야 도착했기 때문에 그동안 호위대 단장 드 슈아죌은 네시부터 기병대를 퇴각시키기로 결정을 내린 후였다. 호위를 받지 못한 채로 마차는 다음 집합 장소인 생트메네울드를 향해 길을 재촉했다. 그곳에는 단두안의 지휘 아래 용기병 분대가 기다리기로 되어 있었다. 그러나 단두안은 왕의 일족을 기다린 아무 보람이 없었던 드 슈아죌로부터 그릇된 정보를 입수한 참이라서, 마차가 도착하기 직전인 삼십 분 전에, 부대에 철수하라는 명령을 내려버렸다. 또 하나의 다른 말썽거리는 생트메네울드 고장의 반(反)왕정파 경향이었다. 시민들을 위시하여, 우연히도 그때 마침 새로 완전무장을 한 도시수비대 요원들이 뭔가 심상치 않다는 낌새를 채고서 부대에 맞설 만반의 준비를 갖추었고, 그로 인해 용병대는 마차의 호위를 지원하기로 한 임무를 저지당하고 말았다. 마리 앙투아네트를 서너 차례 접견한 적이 있는 전 용기병이자 마을의 우두머리인 장 바티스트 드루에는 마차가 그 마을에 와 멈췄을 때 그녀를 알아보았다. 그는 자기 친구 한 사람과 함께 베르됭 방향으로 가는 마차를 미행하기로 마음먹었다.

생트메네울드를 지나 십오 킬로미터 떨어진 거리에 클레르몽앙아르곤이라는 작은 마을이 있었다. 이곳 역에서 마차는 새 말을 공급받도록 되어 있었으며, 다마 부대장의 지휘 아래 기병대가 합류하여 마차를 호송해갈 계획이었다. 그러나 생트메네울드에서와 똑같은 상황이 재현되었다. 마차가 도착하기 삼십 분 전에 이미 말의 안장이 풀린 상태였고, 적대적 관계에 있는 마을의 수비대가 수상한 기미를 눈치채고 기병대를 삼엄하게 감시했기에 마차가 통과하는 걸 속수무책 바라볼 수밖에 없었다.

드루에와 그의 친구 기욤은 마차를 뒤쫓았고, 클레르몽앙아르곤 마을에 이르기 직전, 베를리너를 끌던, 멍에에 매여 기진맥진한 말 한 쌍을 끌고서 이전 역마차 역으로 돌아가는 중인 마부들과 마주쳤다. 그중 한 사내가 마차 속에서 누군가 **바렌으로,** 라고 하는 소리를 어쩌다가 얼핏 귀동냥했다 일렀다. 그래서 베르됭을 거쳐 메스로 향할 생각이었던 드루에 기욤은 말머리를 북쪽인 바렌으로 돌렸다. 그들은 마차가 다니는 도로보다 가깝게 질러가는 지름길인 폭 좁은 숲길을 따라 달렸고, 도중에 다섯 명의 다른 지원 기병을 확보했다.

바렌에서도 다시 새 말과 호위대가 기다리기로 되어 있었다. 이번에는 젊은 부대장 로리그가 지휘하는 기병대였다. 바렌에는 역마차 역이 따로 없었기에, 마을 끄트머리에 있는 언덕 위에서 새 말을 공급받기로 약속되어 있었다. 그러나 말과 기병들이 언덕 아래 있는 다리 뒤에 서 있는 실수를 범한 탓에, 마차는 언덕 위에서 삼십 분이나 기다렸다. 도움의 손길이 나타나주기만을 애타게 바라면서.

마차와 기병대는 불과 몇 백 미터 간격을 두고 서로 떨어져 있었다. 기병대 정찰병이 언덕 위로 올라가 동태를 살폈으나, 그게 그 마차인 줄 알아보지 못했다. 그런 한편 마차를 인도하던 호위병 세 명도 걸어서 아래로 내려가보긴 했으나, 다리를 건너진 않았다. 기병대 사관 두 명 역시 그들이 걷는 소리를 듣긴 했으나, 구태여 다리 반대편까지 가서 살펴볼 성의를 보이지 않았다.

드루에와 그의 동지들이 밤 열한시 반경에 바렌에 당도해 지방 태수 장 바티스트 소스에게 경고하자마자, 그는 즉각 그 고장의 국민군 소속 상비군을 소집해서 언덕 위와 다리를 잇는 가도에 바리케이드를 구축했다. 마차가 마침내 아래로 내려오자, 소스가 그들을 막아섰다. 그는 승객들을 강제로 마차에서 내리게 해서 자신의 식료잡화상으로 끌고 갔다. 소스는 그들의 얼굴을 조사하기 위해 수십 개의 촛불을 밝힌 가운데, 베르사유에서 한때 법관을 지낸 자크 데스테와 그들을 대면시켰다.

고서에 의하면, 이자가 안으로 들어와서는 드 코르프 남작 부인의 하인이라는 이를 보기가 무섭게 냅다 땅바닥에 무릎을 꿇더니 이렇게 외쳤다 한다. "오, 폐하!"

기병들은 여전히 서서 기다리고 있긴 했으나, 아무도 그들에게 오합지졸의 국민군 손아귀로부터 왕을 구출하라는 명령을 내리지 않았다. 새벽 다섯시에 더 많은 기병대 후발대가 도착할 때까지만 해도 조처를 취하고 사태를 수습할 가능성이 있었다. 아홉시 반에 대규모의 군사력이, 변방 사령관 마르키 드 부예가 이끄는 기병대가, 이 작은 마을로 집결했다. 그러나 마차는 이미 두 시간이나 달리고 있었다. 파리로 돌아가는 길을.

만약 드 슈아죌이 퐁드솜머빌에서 조금만 더 오래 기다렸더라면, 마차가 생트메네울드에 멈췄을 때 마리 앙투아네트가 조금만 더 사려 깊게 처신해서 밖으로 나가지만 않았더라면, 만약 드루에가 몇 분만 더 오래 근무를 했거나 귀가길에 우연히 마주친 그 친구와 서서 조금만 더 오래 이야기를 나누었더라면, 단두안이 안장을 풀라는 명령만 내리지 않았더라면, 다마도 그런 명령을 조금만 더 기다렸다가 내렸더라면, 마부들이 바렌으로, 라는 그 시시껄렁한 말을 우연히 귀동냥하지만 않았더라면, 호위병들이 다리를 건너갔거나 사관들이 잠깐 가서 다리 건너편을 살펴보기만 했더라면, 바렌에서 기다리고 있던 기병들을 지휘하던 사관들이 조금만 더 과감하게 순발력을 발휘했더라면……

"네, 좋아요." 폴린이 말꼬리를 이었다. "그랬다면 어떤 결과가 나왔을 거라는 거죠? 결국 혁명을 좌절시킬 수 있었을 거라는 뜻인가요?"

"혁명이야 벌써 진행 중이었지." 내가 대꾸했다. "그건 더 이상 막아낼 길이 없었어. 그렇지만 확신하건대 주변 국가들이 덤벼들어 루이의 입장을 적극적으로 후원해주었더라면 막아낼 수도 있었겠지."

"그럴 수도 있겠지만, 혁명은 권력과 영향력을 지향하는 소시민적 욕망의 발현이에요. 시민은 귀족과 교회의 특권을 폐지하거나, 아니면 직접 특권을 가지고 싶어했던 거지요."

"절대 군주의 입장에서 보면 불안과 불만을 진압시킬 수단과 방법은 충분했어. 루이는 스스로 혁명의 화를 자초했다고 봐야지. 그는 세상에 대한 안목이 없고, 결단력이 없고, 내성적이고, 병적으로 열등감을 가졌고, 뚱뚱하고 추남인 데다, 한구석에 앉아 책이나 읽는 걸 대수로 알던 고답적인 인물이었거든."

"다 그렇다고 쳐요." 폴린이 말했다. "하지만 혁명의 진수는 저지할 수 없는 사회적인 힘으로 형성되었어요."

"그 말은 그런 유의 사회 혁명이 언제나 성공을 거둔다는 뜻은 아니지. 19세기의 혁명들은 하나같이 다 출혈 끝에 사라져 갔거든."

그녀는 고개를 내저었다. "나는 아직도 당신의 저의가 뭔지 모르겠어요." 그녀가 말했다. "나는 유럽의 역사는 어떤 엄연한 방향성을 지니고 발전되어왔다고 굳게 믿어요. 점차적으로 사회정의를 확대해가는, 재물과 노동의 정의로운 통제와 분배를 실현해가는 방향으로. 만약 루이가 베르사유로 되돌아갔더라면 혁명은 훗날에라도 이루어졌겠지요."

"아니지." 내가 말했다. "만약 루이가 되돌아갔더라면, 나폴레옹이 황제가 될 수 없었을 테고, 우리는 결코 그의 민법전을 현행법으로 사용하지 못했을 테고, 워털루는 무명의 장소로 남게 되었을 거야."

우리는 잠시 침묵을 지켰고, 황금색 언덕 사이에 놓인 마을로 시선을 보냈다.

"당신의 해석은 내 해석 못지않게 일종의 신념이 되어버렸군요."

"그럴지도."

"그렇담 우리는 어떤 신념으로 나아가야 하죠?" 그녀가 물었다.

"나는 더 나아갈 필요가 없어." 내가 대답했다. "벌써 극도의 한계점에 도달해 있으니까."

"피." 그녀가 빈정거리면서 음성을 높였다. "현대 견유주의자 선생님 가라사대!"

그녀는 내게 경멸의 시선을 던졌고, 창밖으로 고개를 돌렸고, 그런 다음 다시 내게로 홱 몸을 돌리더니, 의자의 가장자리에 자세를 고쳐 앉았다.

"도대체 그 연구를 하는 목적이 뭐예요? 뭘 증명하겠다는 거죠? 당신은 뭔가를 확실히 보여주고 싶은 거예요, 그렇죠?"

나는 고개를 끄덕였다.

"그게 뭐죠?" 그녀가 물었다. "바렌 운운해서 뭘 어쩌자는 거예요? 물론 그 도피가 성공할 수도 있었다는 가능성은 인정해요. 하지만 실패했잖아요. 루이는 처형을 당했고요. 왕의 목에 비곗살이 잔뜩 올라서 칼로 단번에 싹둑 자를 수 없었기 때문에 사형 집행인이 기요틴을 몇 번이나 써야 했대요."

"만약 도피 중에 어떤 한 가지 요인만 달라졌더라면, 그는 자연사로 세상을 떠났을 거야." 내가 말했다.

그때 그녀는 고개를 끄덕이고는 눈을 내리깔고, 자기 손톱을 살폈다.

"무얼 복구시켜놓고 싶으세요?" 그녀가 물었다.

"나로서는 복구고 뭐고 할 건더기도 없어." 내가 대답했다.

"아뇨. 믿을 수 없어요. 당신은 뭔가를 변화시키고, 수정하고 싶어해요. 과거에 일어난 사건의 결말을 다른 식으로 바꿔보려고 애를 쓰고 있어요."

나는 어처구니없다는 듯 한껏 비웃음을 지어 보이긴 했으나, 내 연기가 훤히 들여다보임을 나도 알았다. 나는 눈으로는 그녀를 조심스레 바라보면서도 조소를 띠고 고개를 살살 내흔들었다.

"폴린, 이런 걸로 쓸데없이 이러쿵저러쿵 입씨름을 벌이지 말자고." 내가 절박하고 진지한 어조로 말했다. "우리 화제를 바꾸도록 하지."

"왜요?" 그녀가 격분한 목소리로 물었다. "나는 당신의 진심을 알고 싶어요. 그 존재하지 않는 역사가 당신에게 어떤 의미가 있는지 이해하고 싶어요."

"의사 선생님, 그런 진찰은 더이상 필요 없습니다." 나는 일부러 빈정대는 투로 말했다.

"당신은 비겁해요." 그녀가 신랄하게 쏘아붙였다.

"맞아." 내가 말을 받았다. "나는 스스로에게 비겁함이라는 호사를 누려도 좋다고 일찍이 허용한 바 있거든."

그녀는 자리에서 일어나 내 옆으로 와 앉았다. 기차의 소음에 귀가 먹먹해졌고, 우리는 둘 다 번쩍대며 설핏설핏 지나치는 유리창에다 시선을 고정시켰다.

그녀는 팔 받침대를 위로 세워 올리고, 내 왼손을 양손으로 감싸고는 내게 몸을 기댔다.

"당신 부모님하고 관련된 거겠죠." 그녀가 말했다.

"폴린, 제발……"

"알고 싶어요. 파올 씨, 말해주세요. 당신은 태어나서 부모님 얼굴조차 본 적이 없지요. 당신은 고아로 부모님이 수용소 가스실에서 학살당했다는 의식 속에서 성장해왔기에, 결코 돌이킬 수 없는 과거를 돌이키기를 원하고 있는 거예요."

나는 그녀에게서 내 손을 빼내고, 자리에서 일어나서 문 쪽으로 걸었다. 그러고는 꼼짝 않고 창문 앞에 서서 바깥을 응시했다. 아스라한 저만치에 전경이 펼쳐져 있었다. 곡식의 구릿빛 이삭들이 햇볕을 쬐고 있었다. 군락을 이룬 나무들이 무더위 속에서 한숨을 내쉬고 있었다. 저기로 가서 걷자, 나는 생각했다. 땀을 흘리면서 메마른 모래밭 위를 넘어가서 텅 빈 마음으로 냄새를 맡고 만져보기도 하자. 그리하여 또 저 쓰러진 나무처럼 풀밭에 가 드러누워 풍경의 일부가 되어버리자.

"나 식당차에 가려는데." 유리창에 비친 나의 쌍둥이를 향해 내가 큰 소리로 말했다. "뭐 마실 생각 없어? 뭐라도 좀 갖다

줄까?"

폴린은 대꾸가 없었다. 나는 몸을 돌려 그녀가 벤치에 구부리고 앉아 있는 모습을 보았다. 그녀는 양손으로 얼굴을 가리고 있었다.

"폴린, 뭐 마실 생각 없어?"

"농 메르시."

나는 간신히 새어나오는 볼멘소리를 들었다.

나는 객실을 나와 길고 긴 통로를 쭉 따라 걸었다. 이등실 객차 안은 붐볐다. 나는 배낭들과 땀에 전 사람들 사이를 비집고 나갔고, 슬리핑백 위를, 기타 케이스 위를, 노래하는 어린 아이들 위를 넘어갔다. 객차와 객차 사이에 이르러 내 발아래 철로가 줄달음치는 걸 보았다. 나는 그 자리에 우두커니 서 있었다. 바퀴의 굉음이 우르릉 쾅쾅 머릿속에서 소용돌이쳤다. 나는 매번 균형을 잃게 만드는 두 개의 작은, 서로 엇물린 철판 위에 서서, 두 개의 가로대를 붙들고 매달렸다. 내 주위를 둘러싼 까만 아마포 휘장과 함께 온몸이 거세게 흔들렸다. 수백 개의 침목과 조약돌 그리고 길가의 풀 덮인 언덕이 휙휙 쏜살같이 스쳐갔다.

"필립, 내가 지금 갈게." 나는 굉음 사이로 전규했다. "내가 지금 갈게."

제5장

 이제 형에 대한 이야기를 꺼내야 할 것 같다. 어쩌면 결정적인 효과를 노리고 치밀하게 계획해둔 장면에 등장시키기 위해 그를 감춰둔 것처럼 보일지도 모르겠다. 그러나 나는 명확함을—나 자신에게 도움이 되는, 다른 견해를 제공해주는 명확함을—창안해내자는 생각에서 그를 비로소 거론하게 된 것이다. 아예 존재하지도 않았다는 이유에서 그는 처음에는 등장하지도 않았다. 비록 우리가 같은 날 태어나긴 했어도, 그러니까 나는 그의 뒤를 이어 두 시간 후에 세상에 나왔지만, 내가 스물세 살 되던 해에야 겨우 그의 존재에 대해서 알게 되었으니 스물세 살이 되어서야 비로소 나는 형을 한 명 얻게 된 셈이었다.
 아버지는 강제 연행될 당시 스물아홉이었고, 어머니는 스물

셋이었다. 나는 두 사람이 어떻게 만났는지에 대해선 들어보지 못했는데, 그들에게서 만남의 자초지종을 들었을지도 모를 모든 사람들, 그들의 부모, 그들의 형제자매들, 그들의 친구들 중 그 누구도 생존해 있지 않기 때문이었다.

어렸을 적 나는 그들이 1940년 2월 기차 안에서 만났을 거라고 상상의 날개를 펴보곤 했다. 아버지는 본가의 가족들이 살고 있던 오스로 돌아가는 중이었고, 어머니는 외할머니를 모시고 어떤 잔치에 나들이 가느라고 벤로를 향해 가는 중이었다. 어느 객실 안에서, 아무튼 나의 상상에 의하면, 그들은 서로 눈길이 마주쳤고, 어머니가 자리에서 일어나 다리라도 좀 펴볼 생각으로 기차 통로를 따라 걷고 있을 때 아버지가 어머니에게 말을 건넸고, 주소를 물어봤다. 그녀는 아버지가 악보 한 귀퉁이를 찢어준 종이쪽지에다 우아한 필체로 주소를 적었다. 아버지가 어머니 뒤를 따라 걷는 동안, 아버지는 오른손에 자그만 바이올린 케이스를, 왼손에는 음악책이 든 얄팍하고 낡은 가죽 가방을 들고 있었다. 아버지가 어머니에게 편지를 썼고, 어머니가 답장을 보냈고, 그들은 도시 근교에서 서로 만났다. 아버지는 어머니를 위해 바이올린을 켰고, 그런 후 아버지가 처음으로 그녀에게 입맞춤을 했다. 사 개월 후 전쟁이 터졌고, 그들은 아버지가 대규모의, 암스테르담의 위상에 걸맞은 무용오케스트라에 취직하고 난 다음 결혼했다. 그들은 암스테르담 프로럭크스트라트에 있던 외가에서 한동안 기거했다. 나는 그들을 보통 사람들로, 평범한 꿈과 희망을 가진 소시민으로 상상하곤 했다. 아버지는 독주가(獨奏家)를, 어머니는 번역가를 꿈꿨다. 그들은 가진 재산도 없었고, 그네들일랑은 전혀 안중에도 없이 그저 스쳐가는 세상물정에 대해 깊은 식견도 가지고 있지 않았다. 노란별을 달고 다녀야 한다는 두려운 상황에 대한 그의 판단에서라기보다는, 그 후 머잖아 해산되고 만 오케스트라의 어느 유태인 동료 단원의 강한 권유에 못 이겨, 그들은 은신처로 피난할 계획을 세웠다.

이런 식으로 나는 이야기를 마음속으로 꾸려 나가곤 했다. 그러나 그건 어디까지나 가공적 이야기에 지나지 않았다. 이렇듯 나는 의지할 만한 무엇을, 남에게 들려줄 수 있고 이야기 형식으로 견고하게 짜놓은 과거를 내 멋대로 꾸며 마련해둔 셈이었다. 그러나 한편으로는 나를 직접 연관시킬 수 있는, 아니, 특별히 나를 향한 애정으로 충만한 그들의 얼굴을 못내 그리워하기도 했다. 왜냐하면 내가 그들과 인연을 맺을 수 있는 길은 편안하고 푸근한 그들의 눈을 통해서이지, 그들의 강제연행 날짜 같은 걸로는 가능하지 않기 때문이었다. 물론 나는 그 같은 그리움을 한 번도 말로 표현해본 적이 없었고, 그건 오로지 밤

중에 침대에 누워 눈을 감은 다음, 영락없이 그들의 인상과 들어맞는 표정을 찾으려는 헛된 기대를 안고 같은 날 길거리에서 또는 가끔 사진들에서 살펴봤던 얼굴들을 떠올릴 때, 더없이 초연한 형태로만 존재했다. 나는 그들의 영상을, 내가 사진처럼 볼 수 있는 그런 정적인 인상을 찾아 헤맸다. 나는 누구한테도 거기에 대해 한마디도 얘기를 꺼낸 적이 없었는데, 그건 시간낭비였으며, 무의미했기 때문이었다. ('사진'이니 '정적'이니 '기대'니 하는 단어들과 마찬가지로 말 자체가 모두 무가치한 것처럼. 그럼에도 나는 말해선 안 되는 것을 말해보려고, 만져선 안 되는 것을 만져보려고 애면글면 발버둥을 쳤다. 그런 다음 내 손가락을 잘라버리고 혀를 뽑아버리기 위해서.)

　다른 친구들이 숨바꼭질을 하고 놀 때 나는 가공의 과거를 창조해내고, 일화를 조작해냈다. 나는 스스로를 자신의 육신 속에 숨긴 채로 살아왔기에, 대학에 들어갈 때쯤엔 더이상 그런 놀이를 할 필요가 없었다. 그러나 부모의 얼굴을 보리라는, 언젠가 그들의 사진을 찾아내고 말리라는 결심만큼은 결코 버리지 않았다. 나는 줄곧 길을 잘못 들곤 했는데, 아직 생존하는 오케스트라 단원을 수소문해 방문하고, 그들과 아버지에 대해 얘기를 해볼 계획을 세우기도 하고, 또 그들을 찾아가서 당시의 사진을 보게 되는 일을 꿈꾸기도 했다. 그 오케스트라는 나

혼자 실없이 지어낸 것이고, 아버지가 바이올린 공부를 끝내고 뭘 했는지 나로선 생판 아는 게 없다는 사실이 새삼 절실하게 와 닿을 때까지.

보육원에서 자기 부모의 신원을 그처럼 빈약하게 알고 있는 아이는 나뿐만이 아니었다. 또 다른 두 아이들도 그들을 낳아 준 사람들에 대해 전혀 들은 바가 없었는데, 편지 한 장도, 기억 하나도, 머리카락 한 가닥도 갖고 있지 않았다. 부모를 기억해낼 만한 흔적은 죄다 사라져버렸고, 얼기설기 얽힌 여러 사정이 동시에 발생해서 모든 영상들마저 송두리째 말살해놓았다. 단지 우리 외할머니가 살았던 거리의 누군가가 희미하게나마 그들을 기억해내고 어딘가 옛날 상자에 사진을 보관하고 있을 희박한 가능성이 하나 남아 있긴 했다. 만약 내가 살아 있지 않았더라면, 그들의 존재를 떠올리게 할 만한 건 아무것도 없을 뻔했다. 나라는 존재가 그들이 남긴 유일한 흔적이었다.

과거가 없는 다른 두 아이들과 나는 미묘한 유대 관계를 맺고 있었다. 서로의 흉중을 한마디도 털어놓고 이야기해본 적이 없음에도 불구하고 우리는 항상 서로의 주변을 맴돌았다. 마치 우리가 한 부류에 속하는 동지인 양. 둘 중 누구와도 우정을 나누는 친밀한 사이가 아니었음에도, 큰 말다툼이나 격투가 벌어질 경우 우리는 슬금슬금 같은 한구석으로 뭉쳤으며 눈으로 서로의 결속을 다지곤 했다. 똑같이 겁먹은 눈길, 똑같이 위로 추어올린 어깨 그리고 똑같이 불안한 행동에서도 우리는 서로를 확인했다. 저도 모르는 새에 절대적인 무(無) 속으로 잠적해버리고 싶은 심연의 내밀한 바람을 우리는 서로에게서 탐지했다.

그 당시 나는 내가 직접 경험하지 않은 기억들을 만들어냈다. 짐작건대, 전쟁에 대한 이야기책을 읽으면서 보다 민감해진 감수성을 발휘하여 그런 기억들을 만들어내기 시작한 것 같다. 내 머릿속에 선명하게 박혀 있는 두 개의 기억이 있다. 하나는, 강제수용소에서 석방되는 현장에 내가 참석해 있는데, 죄수가 아니라 구출자의 자격으로 있는 것이다. 나는 막사를 시찰하면서 이 석방이 구출이 될 수 없음을 뼈저리게 느낀다. 나의 사고력은 수치심으로 진창에 빠져 허우적대고, 이른바 구출자인 나는 내가 보는 것에 갇힌 죄수가 되어버린다. 다른 하나의 기억에서는, 내가 숲 속을 헤치며 도망을 치고 있다. 길쭉길쭉하고 가느다란 수목들이 우거지고 사방으로 뻗어난 숲이다. 나뭇잎 지붕들이 폭신하게 이끼 낀 땅 위에 햇볕의 반점들을 뿌려놓았고, 도처에 낮은 덤불들이 자리 잡고 있다. 아름다운 숲이다. 나는 산보를 해보고 싶고, 땅에서 벌레 찾기를 해보고도 싶다. 그러나 곧 두려움에 질려 이 나무에서 저 나무로 뛰어가고, 갈증 난 목구멍으로 숨을 헐떡이며, 나의 육신은 지친

다리에 끌려 무른 땅 위를 걸어간다. 나는 계속 그렇게 달리다가, 나무에 기대어 겨우 숨을 돌리며, 멀리에서 들려오는 개 짖는 소리와 정체 모를 남자들의 웅성거림에 쫓겨 질식할 듯, 죽음에 대한 공포로 온몸이 조여드는 걸 느낀다. 세 단어가 뇌리를 헤집고 있는데, 내 발걸음의 불규칙적인 화음 속에서 불쑥 위로 떠올랐다가, 다시 슬며시 아래로 가라앉아버린다. 쓰레기, 고기, 덩어리. 쓰레기, 고기, 덩어리. 이 단어들도 역시 내가 어느 날 어디서 읽었거나 들었음에 틀림없다. 나의 지각이 그 말은 곧 인간의 육신을 가리킨다는 사실을 일깨우자, 그 단어들은 영원히 나의 기억 속에 아로새겨지고 말았다.

보육원에서의 싸움은 항상 생사가 걸린 투쟁이었고, 평화가 유지되는 날들은 불성실의 시간이었다. 왜냐하면 평화는 피곤함과 혼수상태 때문에 생겨난 것이지, 우리가 느닷없이 서로를 향해 훈훈한 인정미를 느껴서 생겨난 것이 아니라는 것을 누구나 알고 있었기 때문이다. 심지어 동정의 정도에도 서열을 따져 등급이 매겨져 있어서, 우리는 보육원의 남녀 통솔자들 모두에게 그에 걸맞은 대우를 받았다. 제일 위에는 성스러운 삼인조가 위치했으며, 물론 나도 그 축에 들었다. 우리는 일가친척 피붙이라곤 한 사람도 남아 있지 않다는 이유에서 천추의 한이 서린 불우 아동들로 취급되었다. 우리 밑으로 갈수록 순위가 점점 낮아졌다. 조카들, 사촌들, 양가의 삼촌들 혹은 고모, 이모들, 남녀 동기들을 가진 순서대로. 태어나자마자 고아였던 우리는 가장 많은 역경을 겪었던 만큼, 대우 또한 가장 융숭하고 남달랐기에, 우리 위치를 샘내는 다른 아이들에게서 무척이나 심한 질시를 받아야 했다. 그러나 우리야말로 자기네의 처지를 부러워한다는 걸 그들이 알 리가 없었다.

내가 태어나자마자 나를 맡아 길렀던 양부모가 나를 정기적으로 찾아왔다. 그들은 내 친부모를 한 번도 만난 적이 없었다. 이런 불법 행위를 주선하던 중개인이 겨우 내 이름과 나이만 알려주었다. 여타 정보는 불필요할뿐더러 위험하기도 했다. 중개인은 상황이 좋아지면 아이를 데려갈 것이라고만 일러두었다. 해방 후 그들은 몇 달 동안을 행여나 아이를 데려다준 남자가 다시 올까 싶어 기다렸지만, 아무도 나타나지 않았다. 그들은 적십자사에 편지를 보냈고, 연이어 답장을 받았으며, 내가 이른바 '전고'라 일컫던 전쟁고아를 위한 보육원에 넘겨질 때까지 나를 친자식처럼 보살펴주었다. 나는 그들과 당시의 이야기는 거의 꺼내지 않았다. 그들은 내게 장난감과 과자를 가져다주었고, 나를 무릎에 앉혀 얼러주었고, '그것'만 제외하곤, 나머지 다른 얘기는 뭐든지 나누곤 했다. 나는 그들을 탓하는 게 아니다. 나 역시 그걸 화제 삼기를 꺼려했고, 내게 즐거움을 주는 관심사 위에 나 자신을 태우고서 맹목적으로 떠다니곤 했었다. 단 몇 번인가 내가 그들에게 속내를 내비친 일이 있었다. 내가 어떻게 그들 손에 들어오게 되었는지를 내게 한 번 더 얘기해주겠느냐고, 그리고 그 남자는 어떻게 생겼으며, 또 그 가족이라는 남자가 독립 운동에 가담했다는 걸 그들이 어떻게 알았느냐고. 그러면 그들은 내게는 차라리 비밀로 묻어두고 싶어 했던 그 짧은 얘기를 온갖 신중을 기해 그리고 더없이 진지하게 들려주곤 했다.

그 후 청년 시절, 내 부모와 그들 가족의 죽음은 전혀 거론의 대상이 되지 않았을 뿐만 아니라, 끄집어낼 엄두조차 못 내게 되었다. 그건 나를 헷갈리게 하고 그토록 거세게 내 삶의 가치에 대한 회의를 느끼게 만드는 화근거리였으므로, 나는 그걸 머릿속에서 추방해버렸고 그 방향을 가리키는 건 뭐든지 잡초처럼 뽑아내버렸다. 오직 걷잡을 수 없는 백일몽에서만 겨우 그들에 대한 생각을 해볼 수 있을 정도였다. 그들을 사모하는 마음은 내게 두려움을 안겨주었다. 말하자면 깜깜 부지의 사람들을 갈망하고 있는 입장이 아니던가? 그리고 무지란 얼마나 큰 위험을 내포하던가?

대학에 들어가면서 보육원의 안전지대를 벗어나자 내 혈통에 대한 궁금증이 갈수록 커졌다. 내가 누구에게서 태어났으며, 내 부모가 뭘 했으며, 어떤 생각을 가지고 있었는지 궁금했으므로 시간이 좀 지나면서 적십자사와 국립전쟁기록문서 관리소에 편지를 쓸 용기가 생겼다.

내 부모는 1944년 2월 8일 베스터보르크에서 아우슈비츠로 강제 연행되었다. 그들과 같은 날 수송된 사람은 천십오 명이었다. 그들은 일주일간 교도소 막사에서 지냈는데, 신고 의무를 어기고 은신처에 도피해 있다가 발각되었기 때문이었다. 추측하자면 그들은 어떤 배신자의 고발로 체포되었을 것이다. 나는 그들이 누구 집에 피신 가 있었는지 추적해보았다. 유태인들에게 은신처를 제공한 사람들은 보통 푸흐트 수용소에서 최고 육 개월의 금고형을 선고받았다. 그러나 조사 결과 그 수용소의 서류가 해방 후 관리 소홀로 엉망진창이 된 나머지, 아론과 엘셔 드 비트 부부에 대한 유태인 비호라는 죄명으로 누가 수용소에서 육 개월을 보냈는지는 영영 밝힐 수 없게 되어버렸다.

그런 공문서들에서 더이상 참고가 될 만한 정보를 얻지 못하리라는 점은 이내 수긍할 수 있었으나, 앞으로 어떻게 해야 할지는 막막했다.

그러던 어느 날 신문에서 수천 명의 갓난아이들이 무사히 나오도록 출산을 도왔다는 산파의 인터뷰를 읽었다. 나는 조산사 협회에 연락해 자초지종을 설명했고, 주소 몇 개를 얻어내서 그걸 일일이 조회했다. 내가 연락을 취한 부인네 중 하나가 우리 어머니를 도왔던 산파를 찾는 길을 알아봐주었다. 나는 그 산파에게 편지를 보냈으며, 그녀는 날 만나주겠다는 의사를 전해왔다.

나는 그때 스물세 살이었고, 학생 아파트에서 자취하는 학생으로서 비교적 안정된 생활을 하고 있었다. 사람들과 어울려 자유 시간을 보냈고, 관심사에 대해 서로 의견을 주고받을 만한 친구들도 사귀었다. 그러나 누구에게도 내 개인적 사정을 진솔하게 털어놓은 적은 없었던 걸로 기억한다. 내 문제는 장막 속에 감춰져 있었다. 단지 어떤 특정한 논제에 대한 나의 놀랍도록 과격한 태도로 미루어 사회적인 문제와 개인적인 갈등이 내게는 얼마나 서로 밀접하게 얽혀 있는가를 누군가는 간파할 수 있었을 터였다.

삼월의 어느 우중충한 회색빛 날에 나는 그 산파를 만나러 나섰다. 그녀는 하루에 버스가 겨우 두 차례 드나드는 벽지인 오버레이설의 어느 작은 촌락에 살고 있었기에, 가는 길에 고생이 이만저만 아니었다. 허름한 농가에서 그녀를 대하게 되리라 예상했으나, 주소의 번지수는 새로 지은 방갈로 주택가로 연결되었다. 막 꾸며진 정원의 잔디밭 둘레에는 언젠가 울타리 구실을 하게 될 작은 측백나무들이 줄지어 있었다. 그녀는 마치 나를 오랫동안 못 본 친지처럼 맞아주었다. 케이크와 커피, 그런 다음 빵으로 걸게 차린 점심을 함께했고, 해가 기울 무렵 그녀는 차로 마을의 버스정류장까지 데려다주었다. 전쟁 중 그녀는 은신처를 찾아다니며 신생아의 출산을 도운, 이를테면 '정의의 산파'였다. 그녀는 이야기를 하면서 어떤 영웅적인 색채도 드러내지 않았고, 자신을 움직이게 한 원동력을 단순한 하나의 동기로 돌렸다. 누군가 해야만 했기 때문에 했을 따름이라고. 그 당시 그녀는 누구를 어디서 도왔는지 작은 수첩에다 세세히 적어놓았으나, 자신이 체포될 경우 그 수첩 때문에 피신해 있는 사람들이 위험해질 것을 우려해 모두 태워버렸다. 그러나 조산 기록을 수첩에 적어놓는 동안 기억 속에도 그걸 한 번 더 새겨 넣었다고 그녀는 덧붙였다. 은신처에 있는 동안엔 가급적 관계를 삼가라는 경고의 말을 항상 입에 달고 다니긴 했지만, 그런 상황에 처한 유태인 부부가 얼마나 서로를 애틋해할지 또 그럴 때일수록 포근한 인정이 얼마나 중요한지 그녀는 충분히 이해할 수 있었다. 가는 길에 어떤 난관이 따를지라도 그녀는 한 번도 부름을 거절해본 적이 없었다. 자신을 성녀로 자처해서가 아니라, 양심의 가책이 두려워서였다. 그녀는 피식 웃었다. 행동거지로 봐서는 눈에 띄게 젊어 보였으나, 내 짐작으로 그녀는 거의 일흔의 나이였다. 그녀에게서 여전히 대담함과 자신감이 풍겨나왔다. 그녀는 그러니까 이제껏 내 부모에 대해 묘사해주고 그들의 정보를 알려준 유일한 사람이었다. 물론 시대 상황과 아주 헤아릴 수 없을 정도로 엄청난 횟수의 산파 역할로 다소 훼손된 기억이긴 했지만.

어머니는 하르더르베이크에 있는 일용품 도매상 가게에 딸린 좁은 뒷방에 누워 있었다. 긴 검은 머리였고, 체격은 그리 크지 않은 편이었다고 그녀는 회상했다. 어머니의 용모를 그녀는 "섬세"하다고 표현했는데, 얼굴도 그랬고, 작고 가느다란 손가락도 그랬다고 했다. 눈썹이 까맣고, 속눈썹이 유난히 길었다는 사실도 기억해냈다. 어머니는 아주 빼어난 용모의 젊은 새댁이었다고 그녀가 말했다. 백 미터 거리에서조차 유태인 여자임을 척 알아볼 수 있을 만큼 매력적인 새색시였다고. 어두침침한 방에 누워 있던 그녀의 모습이 아직도 눈에 선하다고 그녀는 말을 이었다. 그러나 어머니는 산통으로 고통에 시달리고 있었고, "진통을 겪는 임신부들은 다들 엇비슷하다"고 그녀는 덧붙였다. 어머니처럼 연약한 초산부들에게는 자주 말썽이 생기곤 했으므로 각별히 유심하게 진찰했으나, 어머니는 골반이 넓은 편이었다고 했다. 그녀는 출산 준비를 하는 동안, 몇 차례 아버지 쪽으로도 시선을 던졌다. 그는 도매상 주인과 함께 안절부절못하며 크고 어두운 창고 안을 이리저리 거닐고 있

제5장 113

었다. 그녀는 아버지를 "참한 젊은이"로 기억했다. 추운 창고 안에서 길고 색깔이 진한 외투를 입고 있었던 아버지에게서, 그녀는 그의 외투 아래에서 엿보이던 진흙투성이 구두를 번뜩 떠올렸다. 그녀로서는 그들이 어디에서 피신생활을 했는지 모르겠지만, 시골의 어느 농가가 틀림이 없었다. 아버지에 대해서는 기억이 선명하지 않으나, 이마와 눈 등으로 봐서는 내가 아버지와 닮았다고 했다. 웃는 낯꽃으로 그녀가 날 주시했다. 동정 어린 눈길과 함께. 배의 크기만 봐서는 쌍둥이라는 걸 미처 몰랐기에 무진장 진땀을 뺀 난산이었다고 그녀는 기억을 더듬었다. 시종 내 머릿속을 떠나지 않던 것이 드디어 밝혀지고 말았다. 아니다, 그녀가 실수한 것이리라. 그녀가 다른 여자의 해산에서 받았던 쌍둥이를 내 부모의 해산과 혼동한 것이리라. 나는 그녀에게 혹시 내 부모를 다른 사람들과 헷갈린 게 아니냐고 조심스레 운을 떼어보았으나, 갑자기 그녀가 내미는 세부적인 사실이 날 그만 휘청거리게 만들었다. 그녀의 말에 따르면 내 이름 파울은 할아버지 이름을 따서 그렇게 지은 것이고, 나보다 두 시간 전에 태어난 형은 외할아버지의 이름을 따서 필립이라 부르게 되었다는 것이다. 쌍둥이를 낳게 되는 경우에 흔히 그러하듯이 내 부모는 처음에는 어리둥절해했다. 하지만 곧, 아들이 하나 태어나면 파울과 필립이라는 이름 중에서 어떤 걸 골라야 할지 결정을 못하고 있었던 참이었기에 두 아들이 생긴 것을 다행으로 여겼다고 그녀가 얘기를 이었다. 여기까지 이야기를 하고 난 다음에야 그녀가 뭔가 느끼는 듯했다. 쌍둥이 형이 있었다는 사실을 내가 전혀 모르고 있었음을 그녀는 눈치챘으며, 나의 불안은 이제 그녀에게까지 파문을 일으켰다. 자신의 실수로 인해 내 인생에 고정관념을 짐 지우게 되지 않을까 그녀는 내심 겁을 냈다. 그리고 그녀는 1943년 12월 17일 저녁, 도매상 가게의 커다란 창고에 발을 딛던 시점부터 다음 날 새벽 기진한 채 그곳을 떠날 때까지의 모든 분만 과정을 다시금 되도록 세밀하게 설명하기 위해 최선을 다했다. 그리고 그를 통해 그녀는 자신은 물론 나에게도 그녀가 동맥경화를 앓고 있지 않다는 확신을 심어줄 수 있었는데, 깜빡 잊어버릴 뻔했다는 아버지의 바이올린을 뜬금없이 그녀가 들추어냈기 때문이었다. 꼭 뭔가 중요한 걸 빼먹은 것만 같은 기분이더니만 하고 말하면서. 아버지는 그녀와 도매상 주인에게 감사의 뜻으로 연주를 해주었는데, 그녀는 "모차르트의 작품으로, 어떤 곡이었는지는 정확히 기억이 안 나지만, 기막히게 아름다운 곡이었지" 하고 말했다. 도매상 주인의 아내가 산딸기잼 병을 두 개 열었고, 식탁에는 몰랐던 사이에 빵이 올라와 있었다. 더불어 "진짜 커피도, 그것도 최고급의 커피로". 그녀는 거의 잊고 있었던 맛들을 가능하면 오래오래 입속에 넣고 음미하려고, 짐짓 쉬엄쉬엄 먹으면서 그 얼음장처럼 추운 창고에서 아버지의 음악을 감상했으며, 아버지는 그렇게 첫새벽 노을 속에서 자기 아내를 위해서, 도매상 주인 내외를 위해서, 두 명의 지하 저항 운동가들을 위해서, 그리고 산파 아주머니와 자기의 두 아들 필립과 파올을 위해서 연주하고 있었다.

제6장

 내가 훈훈한 객실 안으로 들어갔을 때 폴린은 화장을 하고 있었다. 그녀는 환한 낯꽃으로 날 올려다봤다. 화해를 청하는 눈초리로. 나는 말다툼을 되풀이하고 싶은 생각이 없었고, 그건 그녀도 마찬가지였다. 나는 그녀의 미소에 응수하면서 그녀 앞으로 가 자리를 잡았다. 작은 펜슬로 가장 윗부분 눈꺼풀에 회색 아이섀도를 바르고 있는 그녀의 모습이 미커를 떠올리게 했다. 위로 추켜올린 눈썹들, 아이라인이 그려지고 있는 감긴 한쪽 눈의 바르르 떨리는 눈꺼풀, 손거울을 멍하니 응시하며 아무것도 내색하지 않는 다른 눈은 만국 공통의 여성의 모습이었다. 그녀의 허벅지 위에 퍼져 있는 진청색 스커트가 양쪽 무릎으로 펼쳐져 융단으로 된 긴 의자 위를 덮고 있었다. 블라우스 속의 브래지어가 언뜻 비쳤고, 앙가슴 위에는 다윗의 별이 고즈넉하게 걸려 있었다. 의자 위 왼쪽 옆자리에는 열린 핸드백이 있고, 거기서 꺼낸 화장품 가방은 무릎 위에 놓여 있고, 또 그 핸드백 곁에는 행여나 하는 염려 때문에 선반에 올려놓지 못한 도자기가 든 마가린 상자가 있었다. 그녀는 중간급 굽이 달린 파란 구두를 신고 있었기에, 구두 굽들이 비스듬하게 바닥을 버티고 있었다. 무릎은 떡 벌어진 자세였으나, 허벅지는 허벅다리 사이에 골짜기를 이루고 있는 스커트로 가려져 있었다. 양쪽 눈을 다 치장하고 난 뒤, 그녀는 포니테일 모양의 머리칼에서 빨간 고무줄을 빼내 짧고 날카로운 동작으로 머리를 빗질하기 시작했다. 왼손이 빗질을 계속하는 동안, 오른손은 머리를 반반하게 훑어내렸다. 엉킨 머리채가 빗에 걸릴 때마다 그녀는 빗을 머리에다 대고 꾹 눌렀다. 풍경이 그다지 인상적이지 않은 듯 그녀는 시선을 건성으로 창밖에 두고 있었다. 그녀는 무슨 생각을 하고 있는 것일까? 블라우스의 통 넓은 짧은 소매 속으로 매끈하게 제모된 그녀의 겨드랑이가 보였다. 그녀는 유연한 팔로 내 느낌으로는 도에 지나치다 싶을 만큼 오래오래 빗질을 했다. 하염없이 밖을 응시한 채였다. 우리 사이의 침묵은 매순간이 여전히 수수께끼 같았다. 그녀의 사고는 온갖 신비로 싸여 있었고, 나로서는 짐짓 어림짐작조차 어려웠다. 그녀도 마찬가지였다. 그녀는 내 속내를 알 리가 없었다. 내가 지금 그녀와 정사를 벌이고 싶어한다는 걸, 팔 받침대를 위로 세워 올려 자리를 기다란 의자로 만든 다음 이 객실을 커다랗고 빨간 융단 침대로 바꿔놓고 싶다는 걸, 그러고는 그 위에서 그녀의 겨드랑이에, 그녀의 무릎에, 그녀의 양손에 키스를 퍼붓고 싶다는 걸. 그녀는 나의 흥분은 전혀 눈치채지 못하고, 윤기가 흐르는 머리에 연신 빗질만 하면서, 푸른 하늘 아래 갈 데 없이 놓여 있는 언덕을 눈이 시도록 바라다보고 있었다. 그녀도 이 벤치 위에서의 그런 광경을 상상하고 있을지도 몰랐다. 그러나 그녀는 다음 날 있을 부모의 결혼기념일 파티를 생각하고 있을 가능성이 더 높았다.

"내 아파트 열쇠를 당신한테 줄게요." 그녀가 입을 열었다. "그럼 호텔을 잡지 않아도 될 테니까요. 며칠이나 있을 거죠?"

그녀는 빗을 들여다보고 나서 머리카락을 빼냈다. 나는 적어도 닷새, 아니 아마도 더 오래, 파리에 있을 것 같다고 대답했다. 그리고 그녀의 아파트에서 함께 지냈으면 한다고 덧붙였다. 그녀는 고개를 들어 나를 뚫어져라 바라보았다.

"필립, 그럼 다음 주 주말까지도 있을 건가요?"

나는 맥없이 미소를 지었다.

"필립은 내 이명이야." 내가 일렀다. "멋진 이름이지, 하지만 내 본명을 잊은 건 아니지?" 그녀는 자리에서 일어나 창문을 아래로 밀어내렸다. 기차의 굉음이 객실을 그득 채웠다.

"우리가 처음 만났을 때, 당신은 필립이었잖아요." 그녀가 목청을 돋워 반격했다. "당신이 우리의 첫 만남을 떠올리게 만들 땐, 필립이라 부르고 싶었을 뿐이에요. 다른 뜻은 없어요."

그녀는 손에 든 머리카락 한 뭉치를 창밖으로 내버렸다. 그러고는 얼굴에 바람을 맞으며 눈을 감더니 목청을 한껏 더 높였다.

"당신 논문 제목이 뭐죠?"

흠칫 놀라 나는 그녀를 올려다봤다. 그녀가 왜 새퉁맞게 그걸 끄집어내는지 종잡을 수가 없었다.

"『바렌으로의 도피』." 내가 말했다.

그녀는 고개를 끄덕이고, 머리카락을 나부끼게 하는 바람을 만끽했다. 나는 일어나 양팔로 그녀의 상체를 감싸 안았다. 바람이 내 얼굴을 어루만져주는 걸 느꼈다.

"안일한 제목이로군요." 그녀가 큰 소리로 말했다. "그건 논문이라기보다는 소설이라는 점을 고려하세요."

나는 그녀의 앳된 목덜미에 입을 맞췄다.

"처음 제목은 『바스티유 광장』이었어." 내가 말했다.

"더 낫네요." 그녀가 말을 받았다. "여전히 미흡한 구석이 있긴 하지만, 그래도 다른 것보다는 그게 나아요."

멋쩍게 싱긋 웃는 표정으로 그녀가 내게로 고개를 돌렸다.

"왜?" 내가 물었다.

그녀는 어깨를 들썩 추켜올리고, 두 눈을 깜빡였다.

"내가 얼마나 있었으면 좋겠어?" 그녀의 귓속에 대고 내가 물었다.

"여름 내내, 가을 내내 그리고 나머지 계절들도." 그녀가 대답했다.

묵묵히 나는 크롬이 입혀진 창가에 놓인 그녀의 손을 내려다보았다. 문득 반지를 끼지 않은 것이 눈에 띄었다.

"그런 질문에 어떤 대답을 기대하는 거죠?" 그녀가 외쳤다. "대답을 듣기 위해 질문한 게 아닌가요?"

순간 간이역의 플랫폼이 쏜살같이 스쳤다. 섬광처럼 스치는 기다리는 사람들, 텅 비어 있는 화분대, 역 대합실의 초라한 내부 장식.

"무슈 필립 드 위트," 그녀가 외쳤다. "케스크 튀 뵈?"

당신이 원하는 게 뭐냐고 묻는 그녀에게 내가 미처 대답하기도 전에 그녀는 어느덧 내게로 몸을 돌렸고, 양팔로 내 목을 휘감으며 말했다.

"오 분 후면 우리는 콩피에뉴에 도착해요. 거기 도착할 때까지 서로에게 끝없이 키스 세례를 퍼붓기로 해요. 내가 원하는 건 그거니까요."

제7장

 육 개월 전, 추웠던 파리에서의 이 주일을 뒤로하고 집에 돌아오자 딸 하나의 피아노 소리가 귓전을 때렸다. 기술적인 면에서 아직 어설픈 구석은 많았으나, 나는 그다지 염려하지 않았다. 기술이란 습득하고 연마하면 완벽해질 수 있는 것이다. 겨우 여덟 살밖에 되지 않았는데, 하나는 벌써부터 삶이 결코 충족시켜주지 못할 모든 것에 대한 욕구를 느끼고 있었다. 하나는 예술의 완전무결과 속세의 추악함 사이의, 자신이 연주하는 곡과 자신이 그 곡을 연주하고 있는 주위 환경 사이의, 메울 수 없는 괴리도 이미 깨달아버렸다. 꼬집어 말하기는 어렵지만, 하나는 미르얌보다 더 유태인 특유의 기질을 드러냈다. 이를테면 미르얌보다 훨씬 더 자기 개성에 대한 의식이 뚜렷한

편이며, 또 그만큼 고독에 대해서도 더 민감하다. 여덟 살 난 여자아이에게 지나친 표현인지는 몰라도. 그러나 하나는 장차 인생길의 많은 부분을 벌써부터 예지하고 있으며, 선곡에서도 주장이 확고하고, 연주할 때는 독자적인 해석을 더한다. 하나는 벌써 갈구하고 있었다, 내가 그런 경지에 도달했을 때보다 몇 살이나 더 이른 나이에.

  나는 잠시 그대로 계단에 서서 귀를 기울였다. 그러다가 안으로 들어서자 아이들이 내 품으로 달려들었다. 아이들은 신이 나서 선물 꾸러미를 풀었고, 그동안 미커와 나는 지난 몇 주 일을 뒤늦게라도 서로 공유하려는 양 수고로움을 무릅썼다. 그녀는 아이들과 함께 무슨 일을 했고, 어디어디를 다녀왔으며, 얼마나 재미있었는지 따위를 읊었다. 나는 오는 길에 미리 준비한 대로 적당히 의욕에 찬 각본을 뇌까렸고, 있지도 않은 고문서를 꾸며대면서 한 자 시늉조차 내본 적 없는 비망록을 기록해두었다는 등 허세를 부렸다. 그러고는 파리에서 혼자 호젓하게 고독한 밤들을 즐겨 미안하다고 깍듯하게 사과의 뜻을 표했다. 그리고 이 주일 동안 그렇게 어딘가로 훌쩍 떠나 홀가분하게 지낸 기분이 그리 나쁘지 않더라고 덧붙였다. 나의 휴가를 미커는 상당히 다행스레 여기는 눈치였는데, 내가 마냥 유쾌하고, 생기 왕성해 보이며 눈에서는 침통한 기색이 사라졌기 때문이었다.

하지만 나는 파리에서 정화된 영혼으로 돌아온 게 아니었으며, 그렇다고 또 달랠 길 없는 죄책감에 시달리는 것도 아니었다. 폴린과 가까이 지내는 동안 심경의 변화를 겪은 건 사실이었다. 아마도 그녀라는 존재를 통해 나는 불안과 의욕 상실의 근원이 되는 문제들의 윤곽을 파악하게 된 것 같았다. 게다가 그녀는 내가 평생토록 입 밖에 내지 않고 심중에만 묻어두었던 나의 거의 잊힌 꿈들을 되살려주었다. 거기에서 그치지 않았다. 오로지 관습을 통해서만 인식하고 있는 유태 민족의 과거를 공유함과 더불어 우리는 각자 나름의 역사를 지니고 있었으며, 둘이서 함께한 모든 경험을 부담 없이 누렸다. 나는 일상적인 의사소통과 성적인 면에서 미커보다 폴린과 더 스스럼이 없었다. 그리고 지난 이 주일 동안 나는 그림자처럼 나 자신을 떠나 스스로를 성찰하는 기회를 가질 수 있었다.

앞으로 폴린과의 관계를 어떻게 정리해야 할지 나는 고민스러웠다. 내가 떠나올 때 그녀는 우리의 지속적인 교제를 넌지시 암시하면서, 나에게 중요한 가정을 위해서라면 희생을 감수할 마음의 준비가 되어 있다는 태도를 보였다. 그러고는 자신을 파리에 사는 한 여자 친구로 자처하고 나섰다. 내 머리와 팔에 쓰인 굴레가 또다시 견디기 힘들게 팽팽히 조여들 때면 거기서 도망쳐 찾아올 수 있는 피신처로서. 미커와 아이들을 향한 나의 애착에도 불구하고, 마음이 흔들릴 때면 언제든 자기를 찾아오라는 뜻이었다.

돌아와서 첫 며칠은 순조롭게 지나갔다. 학교에는 아직 출근할 때가 안 되었고, 나는 가족이 갑자기 발산하는 기적 같은 안정을 한껏 만끽했다. 짐작건대 아이들도 지난 몇 달간 내가 어깨에 짊어진 상상의 짐에 짓눌려 얼마나 휘청 휘어져버렸는지 눈치를 챈 모양이었다. 그리고 그들은 이제 내 허리가 다시 꼿꼿해졌으며 활기를 회복해 돌아왔다고 믿었다. 우리는 눈 속에서 느긋한 시간을 보냈고, 식당에 가서 뜨끈뜨끈한 초콜릿 우유를 들이켰고, 예전과 다름없이 여전히 아이들을 감동시키는 백설공주를 다섯번째로 찾아가서 보았고, 집 안의 정전 덕분에 촛불과 담요 다섯 장 사이에서 함께 시간을 보내는 일도 경험했다. 아이들은 행복해했다.

나는 학년의 후반기를 아무 충돌 없이 마무리하리라고 다짐을 했으며, 깜냥엔 숱한 역경에 대비해 정신 무장을 단단히 하기도 했다. 그러나 그게 모두 주제넘은 만용이었음이 머지않아 드러났다. 굳이 동료들의 편협한 객담들, 또는 학생들의 무관심과 가망 없는 자세 탓이라기보다는, 구태의연한 연도 목록과 찰스 대왕, 기관차의 발명, 빈 회의, 폰 클라우제비츠 등을 요

약해놓은 피상적 내용들을 날이면 날마다 되씹어야 하는 작태가 무엇보다도 다시금 한심스러웠다. 차라리 파리로 가서 피륙 상점을 열고 싶다는 소망이 갈수록 커졌다. 그러나 폴린과 지내는 동안 나는 많은 걸 배웠다. 이전과는 달리 왜 그토록 생활의 역겨움을 느끼는지를 대강 파악한 처지라서 나는 그 같은 마음을 누르고 매일 학교에 출근하는 일을 참아냈다. 나는 아마 몇 년 동안 계속 이렇게 살 수도 있었을 것이다. 만일 불의의 사고가 불안정한 균형을 깨뜨리지만 않았더라면 나는 퇴직하는 날까지도 이 직업의 암울한 속성을 묵인했을 것이고, 동시에 날이 갈수록 더욱더 험상궂고 무자비한 교사로 변모해갔을 터였다. 물론 고무적인 순간들도 없지 않았는데, 어느 학생이 천만뜻밖의 통찰력과 견문이 엿보이는 에세이를 써온 적도 있었다. 또 교무실의 긴장된 분위기도 매 쉬는 시간마다 그랬던 것은 아니기도 했고, 또 나는 주로 강당으로 가서 학생들 곁에 자리를 잡음으로써 가급적 그런 걸 멀리해왔다. 뿐만 아니라 나는 그런 상황에 체념하기까지 했다. 내 삶의 불가피한 진실에 부딪치게 된 것이 아닌가 싶었는데, 나의 소망과 욕망은 나의 재기에 부합되지 않고, 또 나의 결혼 생활, 아이들 그리고 나의 직업은 곧 내 역량의 한계를 드러내는 듯했다.

일월 말에 나는 약속대로 폴린이 학교 주소로 보낸 편지를 받았다. 그녀는 전화 한 번 걸어주지 않은 나의 무심함에 실망했다고 쓰고 있었다. 내게 편지 쓰는 걸 망설였지만, 그래도 쓰기로 맘을 고쳐먹었다고, 나를 잘못 판단했다는 생각은 상상하기조차 두렵다고. 편지는 분개로 시작했다가, 중간쯤에 와서 화를 가라앉히고, 결국은 마음을 추스르는 식으로 맺어졌다. "하지만 추억은 영원히 간직하겠어요" "무슨 일이 있더라도 이런 현실은 끝내 거부하겠어요" "그럼에도 바라는 게 있다면" "적어도, 내가 화가 나고 허전할 땐 그런 생각이 들곤 했어요" 등등 답장을 달라고 호소하는 편지였다. 그녀는 자신에게 연락을 취할 것을, 그리고 일주일 반 동안 자신과 한 지붕 밑에서 살기로 합의함으로써 지게 된 의무를 이행하라고 요구하고 있었다. 그녀는 모험을 연장시키려 했던 반면, 나는 겁에 질려 뒷걸음질 치고 예전의 생활을 그대로 답습하려고 했다. 그러나 그녀는 내 속에 불을 질러놓고 있었다. 수업이 없는 시간을 이용해 나는 열정적인 답장을 썼다. 그녀의 아파트 문이 닫히는 걸 원치 않았기 때문이었다.

그로부터 일주일 후 뜻밖의 일이 발생했고, 그로 인한 위기는 결국 내가 그토록 오랫동안 바라왔던 곳으로 나를 이끈 계기가 되었다.

이번에도 단서는 결정적이지 못했다. 파리에서 다 찍은 필름한 통을 나는 처음 가본 사진관에 맡김으로써 전혀 안면이 없는 자가 그걸 인화하고 현상하게 했고, 어느 날 오전 일찍 수업이 없는 틈을 타 그 사진들을 찾아왔다. 나는 교무실 한구석에 있는 내 자리에 앉아 현상된 사진들을 한 장 한 장 넘겨 보고 있었다. 동료가 내 옆으로 와서 앉기에 나는 사진들을 다시 서류철 안으로 슥 밀어 넣었다. 그러나 그는 방해할 생각은 추호도 없다며 날 안심시켰다. 마음 푹 놓고 제발 하던 대로 계속하라고 그가 부득부득 우겼다. 그는 선배 교사 중 한 사람으로서 교내의 온갖 동향과 추세를 파악해온, 어떤 소요나 집회에도 관여하지 않고 대부분의 회의도 경원시하는 노련한 수학 선생이었다. 보아하니 그는 수업이 없는 모양이었고, 대화할 상대를 찾는 눈치였다. 교무실이 텅 비어 있었기에 내가 걸려든 셈이었다. 사진을 감추는 건 어쩐지 그를 모욕하는 일 같아서 나는 마지못해 사진을 내보였다. 바스티유 광장에서 찍은 폴린의 사진 세 장에 나온 내 모습을 그가 대뜸 손으로 지적해주었을 때, 가슴이 덜컥 내려앉은 건 백 번 지당한 반응이었다. 그가 연이어 물어왔다. 혹시 지나가는 사람에게 사진을 찍어달라고 부탁한 게 아니었냐고. 내심으로는 도대체 왜 그런 엉뚱한 질문을 했을까 놀랍기도 하고 자못 의아스러웠으나, 나는 엉겁결에 일단 시인해버렸다. 그러자 그는 자기도 그와 비슷한 일을

제7장 129

겪은 적이 있다며 경험담을 들려주었는데, 그 이야기에서 그는 사진을 찍어달라는 부탁을 받고 남의 사진기를 작동해야 했던 우연히 길을 지나가던 행인 역을 맡았다. 사진 속 젊은 아가씨는 파리에 거주하는 내 아내의 사촌뻘 되는 여동생이라고, 묻지도 않은 말에 나는 토를 달았다.

그날 일과를 마치고 집으로 돌아가기 전에, 나는 다시 그 사진들을 들여다보았다. 그러고 나서 아니나 다를까 폴린에게서 몇 미터 떨어져 서 있는 남자가 나와 닮았다는 확신이 들었다. 어느 정도 닮았는지 가늠하기에는 사진이 너무 작았다. 그렇더라도 서로가 닮았다는 것만은 명백했다. 그 남자는 마치 내가 그 자신을 찍고 있는 것처럼 사진사인 나를 향해 보란 듯이 미묘한 미소를 보내고 있었다. 그는 공교롭게도 행인 같지 않았고, 내 눈엔 일부러 사진기 앞에 그렇게 멈춰 서서 포즈를 잡고 있는 것처럼 보였다.

그 남자의 출현에 대한 나의 맨 처음 해석은 이러했다. 바스티유 광장에서 그것도 바로 코앞에서 자기를 쏙 빼닮은 한 남자가 묘령의 여인과 동행하는 걸 발견하고서, 그는 소스라치게 놀란 끝에 저절로 몇 분간 그 똑같은 자를 미행하게 되었다. 그 똑같은 자가 정부임이 틀림없는 젊은 아가씨의 사진을 찍으려는 순간, 그는 짓궂게 그냥 그대로 서 있었다. 사진이라는 우회로를 통해 자기와 똑같은 자에게 그와 똑같은 또 하나의 인물도 여기 이렇게 엄연히 건재함을 넌지시 알리기로 작정했던 것이다.

동료의 지적이 날 곧바로 필립에게로 이끌어준 건 아니었다. 돌이켜보면 필립이 날 추적했다는 생각에 이르는 데 내 딴에는 상당한 용기가 필요했던 것 같다. 왜냐하면 그 말은 곧 내가 아무 근거 없이 지난 십사 년 동안 죽은 형으로 취급해온 필립이 생존해 있음을 의미하기 때문이었다. 나는 사진을 외면했고, 연구서 원고 사이에 쑤셔넣어 사진을 감춰버리고, 더이상 생각하지 않으려 안간힘을 썼다. 그럼에도 불구하고 그건 내가 시도하는 모든 일에 끈질기게 얼굴을 내미는 것이었다. 필립에 대한 생각은 사실 태어날 때부터 이미 내 의식 속에 터전을 잡았으며, 그게 어느 날 내 눈앞에 명약관화하게 현시될 것인지는 시간 문제였다. 그 시기가 지체된 까닭은 그 생각을 떠올릴 때 공포가 뒤따르리라는 것을 익히 알았기에 환상의 미로 속에서 나 자신을 잃게 될 것만 같아 두려웠기 때문이었다.

어느 날 저녁, 시험 답안지를 채점하다가 가히 의도적일 만큼 반 전체가 무지하다는 사실에 발칵 짜증이 치밀어 올랐을 때였다. 이를 상쇄하려는 듯 멜로디처럼 어떤 상념이 불현듯 뇌리에 울려 퍼지기 시작했다—마치 그녀가 나와는 대조적으로 스스로를 경쾌한 사람이라고 밝힘으로써 나를 비옥하고 풍요로운 사색의 영역으로 인도해줄 것처럼. 그리고 내가 제아무리 그녀의 가치를 상대화시켜보려고 해도 그녀는 여전히 날 흥분시켰고, 더없이 수려하고 희망에 찬 의상을 차려입고서 내 앞에서 자태를 뽐냈다.

어떻게 그런 그녀를 뿌리칠 수 있겠는가? 그런다고 의무적으로 끝내야 하는 답안지 채점이 덜 따분해지는 건 아니었으나, 나는 이제 우리가 끊임없이 결별할 수도 결합할 수도 있으며, 서로를 파괴할 수도 건설할 수도 있고, 배척할 수도 애지중지할 수도 있다는 여유로운 생각을 하게 되었으므로 역겨움이 한결 해소되는 느낌이었다. 그녀는 스커트 자락을 스치면서 사뿐사뿐 내 주위를 빙빙 돌고 긴 스타킹을 위로 끌어올리며, 긴 머리채를 우아하게 내 어깨 위로 휘날리면서, 나를 현혹시켰다.

그래도 나는 단번에 항복하지 않았다. 나의 의식이 맑아질 때면 그녀는 위축되어 불개연성들의 집합체로 변모해버렸기 때문에 그녀의 아름다움의 정체에 대해 나는 반발과 회의를 품기도 했다. 그렇지만 그녀는 내가 그토록 간절히 원하는 형에 대한 일말의 희망을 부여해주었기에, 나는 그녀를 믿고 따를 수 있었다.

나는 쌍둥이 형 필립이 아직 살아 있으며 그가 파리 바스티유 광장에서 나를 미행했다는 상념과 함께 그녀와 유희를 즐기기 시작했다. 나는 때론 그런 상념을 믿었고, 때론 그녀를 어이없이 노려보았고, 대관절 내가 왜 그녀와 관계를 지속하고 있는지 속절없이 회의를 느끼기도 했다.

나는 예민해져 있었고, 또한 자가당착에 빠져 있었다. 나는 전적으로 부조리한 걸 믿는 어리석은 몽상가였다가도, 불과 몇 분 사이에 철저한 확증 없이는 아무것도 용인하지 않는 냉정한 실증주의자로 돌변할 수도 있었다. 그러다 한순간에 몽상가이자 실증주의자, 양자를 한 몸에 겸하는 경우도 허다했다. 그들로 인해 악의에 들끓는 내 마음의 분쟁에서 날 구원해줄 그들의 화합을 갈구하면서.

필립이 실존한다는 걸 전제할 만한 기반이 여전히 너무 허술했다. 사진에 나를 닮은 어떤 남자가 서 있었다. 그러나 그것뿐, 더이상은 그럴듯한 근거가 없는 형편이었다. 기대에 부풀어 눈이 먼 상태에도 불구하고 물론 나는 인지하고 있었다. 내가 그와 같은 결정적 단서가 나타나기만을 고대해왔으며, 내심 희망을 걸 수 있는 일말의 사건을 탐색해왔다는 걸. 사진은 동기에 불과했다.

나는 언젠가 삼라만상이 달라지기를, 언젠가는 하늘의 색깔도, 거리의 냄새도, 내 웃음의 저의도 변화되기를, 내가 버리고 싶은 것이 사라지기를, 내가 원하는 것은 얻게 되기를 바라왔다. 또한 내가 쓰려고 했던 책들은 벌써 책장에 꽂혀 있기를, 아이들의 눈망울에 행복이 초롱초롱 반짝이기를, 미커가 내게 생활의 안정을 주기를, 폴린은 내가 예상하고 있는 햇수보다 더 먼 미래까지 나와 함께해주기를, 역사가 의의를 지님과 동시에 미래의 방향을 정해주기를.

필립이 아직 살아 있다면 모든 게 달라질 터였다. 그렇다면, 하르더르베이크의 어느 창고에서 태어나 한 번도 부모의 얼굴을 보지 못한 둘째아들인 나와 같은 누군가가 아직 존재하고 있다는 뜻이었고, 내게도 형님이 있다는 뜻이었다.

나는 크리스마스 후에 가까스로 얻은 섬약한 균형감마저 잃고 말았다. 학교에서는 수업 시간에 지난 몇 주일 동안 잘 피해온 경직 증세가 다시 나타났다. 미커를 대하는 나의 태도에도 다시금 실의와 우울증이 침투해 들어왔다. 죽음을 면치 못할 운명이라는 고통을 느끼지 않고서는 아이들을 마주 대하는 것조차 힘겨웠다. 이성과 냉소주의에 호소하는 온갖 수단과 방법을 동원하여, 속삭이면서, 향기를 발산하면서 내 꽁무니에 붙어 뒤따르는 망상과 투쟁을 벌였으나, 그건 결국 그런 나날들 위에 달랠 수 없는 애수의 면사포를 깔아준 따름이었다. 필립을 향한 나의 향수는 다름 아닌 내가 꾸려가고 있는 생활에 대한 불만의 표출이라고 나는 자가 진단을 내렸으며, 필립을 나의 구원자로, 나를 닮았으면서도 나와는 다르고, 더 훌륭하고, 더 호화로운 생활을 영위하는 사람으로 기대하고 있다는 점도 간파한 바였다. 그러나 그런 냉철한 분석도 나의 염원을 잠재우지 못했고, 나는 한결같이 그의 궁극적인 굴복을 믿는 이글이글 불타는 신념의 화염을 감지해왔고, 그를 만나 얼싸안고 싶은 은밀한 소망을 가슴속에 소중하게 간직해왔다.

사진 속 남자는 내 백일몽 속에서 실체로 등장했다. 그는 정지된 자세에서 풀려나, 폴린을 지나서 내게로 걸어왔다. 우리는 서로 무언의 교감을 나누었다. 미소가 번져나가 그의 입가에 잔주름이 맺히고 한편으로는 눈물방울이 그의 뺨 위로 흘러내리는 게 보였다. 우리의 시선이 마주쳤다. "웬 눈물을?" 내가 말했다. "이토록 경사스러운 날에." 그러고는 나의 오른팔은 그의 목덜미를 휘둘러 감싸고, 나의 왼팔은 그의 등을 휘감고, 나의 머리는 그의 왼쪽 어깨를 덮고 있는 두툼하고 폭신한 옷감 위로 가 얹혀 안식을 찾았다. 우리는, 나와 나의 또 하나의 형상은 서로에게 밀착했다. 나의 것으로 이골이 난 생경한 육체와 나의 육체가 서로 접촉하는 것을 나는 느꼈다.

바스티유 광장이 아닌 장소에서 벌어진 상봉의 장면들도 상상해보았다. 사흘간 파리를 헤맨 후, 수많은 상점들과 카페를 수소문한 후, 믿을 만한 소식통에 의존해 나는 생루이 섬의 그의 현관 앞에 당도했다. 한 낯선 여인네가 문을 열었고, 눈이 휘둥그레져서 나를 살피고서 손님방에서 기다리게 했고, 잠시 후 널찍한 프랑스식 응접실로 안내해주었다. 응접실에는 루이 14세가 쓰던 가구, 거울, 도자기 화병, 퇴색한 페르시아 카펫이 있었다. 그리고 그가 늘편한 가죽 안락의자에서 상체를 일으켰으며, 그의 완완한 몸놀림 밑에서 의자가 삐걱거렸고, 그는 한시도 내게서 시선을 떼지 않은 채 책을 나지막한, 상아로 상감된 작은 보조 탁자 위에 내려놓았고, 그러고는 경황의 소용돌이에 말려들어 몸이 경직된 듯싶었다. 그의 오른손은 인사인 듯 구명 신호인 듯 우왕좌왕하며 가슴 앞에서 허우적댔다. 그의 왼손은 공연히 탁자 윗면을 또는 의자 받침대를 찾아 더듬거렸고, 그의 아래턱은 혼란 속에 박혀 있었고, 깊게 찌푸린 그의 이맛살, 그리고 그의 시선은 연방 경악과 감격이, 분노와 비애가, 희열과 공포가 엇갈렸다. "나야, 필립 형, 내가 형 동생이야." 공상 속에서 나는 스스로 불러낸 벅찬 감상에 허덕이며 그에게 외쳤다. "우리는 쌍둥이야, 형은 나와 같은 사람이야."

또는 마레에 있는 그의 양장점에서 그를 발견하기도 했는데, 그는 거기서 소모사, 목면, 리넨 뭉치 뒤에서, 와이셔츠 소매를 걷어 올리고서 재단대 앞에 앉아 있었다. 가게 문은 해맑은 초

인종 소리를 울려주었다. 나는 안으로 발을 디뎠고, 나무 선반 위에서 의상과 드레스용으로 재단되기를 기다리고 있는 원단들의 냄새를 맡았다. 줄자를 목에 두른 그가 일어나 돋보기안경을 벗는 모습이 눈에 들어왔다. 두 발짝을 뗀 그는 그 자리에 그만 멈칫했고, 나는 그의 목울대가 떨리는 것을 보았다. 그는 나에게 양손으로 손사래를 쳤고, 이윽고 그의 당황한 목소리가 내 귀청을 때렸다. "아냐, 넌 죽었어, 넌 죽고 이 세상에 없다고." 그러고 나서 그는 내게서 등을 돌려버렸다.

우리는 퐁네프 다리 위에서 또는 루브르미술관에서, 뤽상부르공원에서 우연히 마주치기도 했다. 그곳 어딘가의 비둘기들로 덮여 가려진 동상 밑에서 우리의 친숙하면서도 서먹서먹하기만 한 시선이 돌연 딱 마주쳤고, 우리는 말없이 한쪽이 문드러진 벤치로 가 자리를 잡고서, 우리의 먼지 낀 구두를 깨끗하고 건조한 모래 위에 나란히 얹었다. 나의 공상 속에서 나와 필립은 도처에서 해후하곤 했다.

공상에서 벗어나기 위해 나는 비디오를 보기 시작했다. 나는 그 모든 공허한 권태의 시간을 텔레비전의 상투적인 잡동사니가 녹화된 비디오테이프를 보면서 메워나갔다. 나는 나의 정체성을 아무렇게나 내버려두고 의미를 벗어버리고 싶었으므로 프로그램이 주입하는 작위적인 쾌락에 매달렸다. 심지어는 시사프로그램에서까지도 나는 한동안 안정을 구했다. 그들의 시선은 목표 지향적이고 결연했으며, 문제 제기는 뚜렷했고, 죄인들은 가차 없이 비난의 세례를 받았다. 프로그램의 과반수가 나를 지배하고 있는 복합성 같은 건 들어설 틈이 없는 단순한 모형을 제공해주었다. 나를 오염시킨 이념들을 정화하기 위해 나는 고심하였으며, 그에 따라 비디오테이프를 보며 밤을 보내는 일이 점점 잦아졌다.

내가 파리에서 본 다큐멘터리의 복사판을 미커의 한 여자 친구를 통해 용케 손에 넣었다. 방송국에 근무하는 그 친구는 내 부탁을 받고서 프랑스 방송협회인 오에르테에프에 그 프로그램을 보내달라고 부탁했다. 그때부터 나는 밤마다 일본으로 여행을 떠났고, 나직하고 허물어지고 말 것 같은 가옥들 사이를 걸었으며, 한 치의 어긋남 없이 다도 법식을 거행하는 어느 게이샤의 맞은편에 앉아 있곤 했다. 그곳의 일상생활은 그 어느 단면이든지 간에 모두 다 균형과 화해를 추구하는 거대한 의식이라는 대의명분 아래 제각기 그 몫이 주어져 있었다. 그러나 나처럼 자신의 심원을 메마르게 방치해두고서 불가피한 격리 앞에 굴복해버리고 만 자가 어떻게 마음의 평정을 얻을 수 있겠는가? 내가 공상 속에서 필립과 포옹했다면, 그건 내가 나 자신을 포옹한 것에 지나지 않았다. 여태껏 내가 본질적인 뭔가가 결여된 채 뼈에 사무치는 공허감으로 살아왔다는, 동시에 필립을 통해서 드디어 나 자신을 완성시킬 수 있을 것 같다는 생각이 간간히 머릿속을 스쳤다. 그래야만 마치 처음으로 두 발로 서고, 두 손을 갖게 될 것 같았다. 다큐멘터리를 보면서 공황 증세가 완치된 듯한 착각에 빠졌다. 나의 이성과 염원이 마침내 서로 합의를 보고, 눈부신 연맹을 맺기에 이른 것이었다.

어느 날 저녁 나는 필립에 대한 심증을 스스로 입증해보기 위한 시도에 착수했다. 나는 대충 둘러대고 사진 원판을 챙겨 학교로 향했다. 건물은 열려 있었고, 연극반이 막스 프리슈의 희곡 〈안도라〉를 무대에 올리기 위해 연습을 하고 있었다. 네덜란드 문학 담당이자, 연극반을 지도하는 동료 교사가 대본을 들고서 강당에 앉아 소극장 무대 위에 선 한 학생의 어설픈 대사에 귀를 기울이고 있었는데, 학생은 도리어 자기 목소리의 반향에 놀라 뒷걸음질을 쳤다. "그러나 거짓은 흡혈귀입니다. 그놈은 진실을 빨아먹었습니다. 거짓은 하루가 다르게 자라납니다. 나는 그놈을 더이상 추방할 수가 없습니다. 그놈은 배가 차도록 피를 빨아먹고 날마다 점점 배불러가고……" 동료 교사가 끼어들어 특별한 억양이 요구되는 부분을 학생에게 짚어주었다.

나는 이 층으로 올라가 오후에 관리인에게 미리 받아둔 열쇠로 공작 실습실 문을 열었다. 형광등이 주저주저하다가 반짝 켜지더니, 뻔뻔해 보일 만큼 텅 비어 있는 작업대 위로 파리한 광선을 퍼뜨렸다. 교실 뒷벽에 문이 하나 있었다. 내가 부임하던 날 면담을 하고 나서 교장의 안내로 건물을 둘러본 이후로 한 번도 발을 딛지 않은 암실로 연결되는 문이었다. 나는 암실에 있는 빨간 조명의 스위치를 누른 후, 문틈 아래로 불빛이 새어 들어오는 것을 막기 위해 실습실의 형광등을 껐다.

 예전에 서너 번 해본 게 다였지만 정착액과 현상액을 만드는 데는 그다지 오래 걸리지 않았다. 확대기도 별로 써본 경험이 없었다. 노출 타이머, 렌즈, 네거티브 커리어를 살펴본 다음 확대기의 조명을 켰다. 불가해한 음영들이 작업대 위에 드리워졌다. 나는 포커스 초점 단추를 찾아서 영상의 선과 물체들이 선명해지도록 맞추어 돌렸다. 그러고는 인화를 시작했다.

 형체를 알 수 없는 반점으로부터 폴린이 나타났다. 그녀는 미소를 머금고 있었다. 두툼한 털모자로 머리를 짱짱하게 감싸고, 목도리로 목을 몇 번이나 돌돌 감고 있었다. 그녀는 광장에 반듯하게 서서 결연한 표정으로 나를 바라보고 있었다. 그녀의 미소는 예의가 아니라 내가 그녀에게 속해 있다는 확신에서 나오는 것이었다. 그녀의 왼쪽 뒤에 남자가 서 있었다. 그의 눈은 마치 눈물을 글썽이고 있는 듯 반짝이고 있었다. 그건 매서운 추위 때문일 수도 있었다. 저 남자가 정말로 나의 형일까? 우리가 과연 같은 어머니의 배 속에서 몇 시간 간격을 두고 태어난 형제일까? 보아하니 그는 작은 사진에서보다 키가 더 커 보였고, 표정도 나와 다른 듯했다. 그는 나와 닮았으나 나의 쌍둥이 형은 아니었다. 우리의 눈과 입에는 분명 닮은 점이 있긴 했지만, 그의 얼굴은 슬라브족 핏줄을 이어받기라도 한 듯 나보다 더 너붓하다는 느낌이 들었다. 그렇지만 그가 상냥한 미소로 나를 보고 있다는 건 의심할 여지가 없었다. 그의 눈길을 자세히 살펴보건대 그가 나를 갓 빗나가 바로 그 옆을 바라보거나, 내 뒤에 선 누군가에게 인사를 하는 게 아닌 것은 분명했다. 내가 그를 다른 사람으로 오인한 것처럼 그도 날 다른 사람으로 착각했던 것이다. 그는 어쩌면 날 자기 사촌쯤으로 착각했을지도 모르고, 자기의 실수를 깨닫고서 그만 실소를 터뜨린 건지도 몰랐다. 그는 형이 아니었다. 만약 그가 필립 형이었더라면 내게 말을 걸지 않았을 리가 없었다. 나는 자기기만에 빠진 채 따사로운 희망 속에서 뒹굴고 싶었던 것이다. 과거는 일단락되어 봉인되었으며, 이제 새로 쓰일 리 없었다.

나는 렌즈의 조리개와 시간을 조정해 더 커다란 인화지 한 장에 빛을 주었고, 그런 다음 그걸 현상액에 담가놓았다. 기다리는 동안 나는 나의 빨간 손들을 주시했고, 이 빨간 조명 속의 얼굴을 한번 살펴볼 양으로 거울을 찾았으나 헛수고였다. 나는 내 광대뼈를 어루만지며 내 얼굴이 혹시 내가 생각한 것보다 더 너붓한 건 아닌가 하고 자문했다. 인화지에는 반점들이 생겨나 서로 엉겨 덩어리가 되면서 형태를 이루어나갔다. 점들이 선으로 커졌고, 작은 선들이 돌로 변했고, 혁명을 기리기 위해 세워진 높이 솟은 승리의 원탑이 차츰 모습을 드러냈고, 폴린과 미소를 짓고 있는 남자, 간담이 서늘할 만큼 나를 너무나 닮은 그 남자가 나타났다. 현상액이 인화지에서 더 많은 유사함을 끌어낸 듯이 보였다. 필립을 만나고 싶다는 질식할 것만 같은 열망이 거듭 엄습했다. 그가 바스티유 광장에 서 있었다. 폴린의 왼쪽 뒤에, 그리고 그는 나를 향해 미소를 지었다. 필립이 살아 있었더라면 그는 지금 이런 식으로 이 세상에 존재할 것이었다. 젊은 프랑스 아가씨와 관계를 맺고 있는 자기 동생을 보고 웃고 울면서. 나는 갈피를 잡을 수가 없었다. 사진 속의 남자는 필립이었다.

그러나 나는 좀더 확신을 얻고 싶었다. 폴린 뒤에 있는 남자가 내 눈과 내 입을 가지고 있다는, 논박의 여지가 없는 명증을 원했다. 연이어 나는 공작 실습실로 가서 용구를 챙겨 와서, 암실 흰 벽면 하나에다 확대 가능한 최대의 영상을 비추어 볼 수 있도록 확대기를 작업대에 놓고 분해하고 설정을 바꾼 뒤 다시

조립했다. 그러고는 작업대 두 개를 포개서 층층으로 올리고, 위의 작업대 평면에다 수평으로 확대기를 뉘어놓고 고정시켰다. 벽면에는 못해도 가로 삼 미터 세로 삼 미터 크기의 화면이 투영되었다. 세 개의 네거티브 중에서 중간 것을 렌즈에 갖다 맞추자, 흰 벽면의 내 머리 위로 비스듬히 실물만 한 크기의 폴린과 남자가 나타났다.

윤기가 흐르는 머플러 위의 얼굴을 여태껏 그처럼 선명하게 본 적이 없었다. 그의 오른손에 움켜쥔 장갑의 구김새도, 구두끈도, 마디진 나비매듭도 보였다. 그런데 확실한 건 뭔가? 이름이 어떻게 되느냐는 물음에 그가 대답해줄 리 없었다. 나는 작업대를 벽으로부터 최대한 멀리 떨어진 원점으로 밀었다. 그로 인해 화면이 확대되어 벽 전면을 차지했다. 그의 얼굴이 미립자 입상들로 이루어졌음을 발견했다. 존재하지 않는 얼굴의 환영을 드러내는 수천 개의 미립자 입상들이 어우러져 있었다. 그의 양쪽 눈과 입은 미묘한 점들 속에서, 흰 벽 위의 반점들 속에서, 입상 그림자들 속에서 서로 동떨어져 있었다. 그를, 저 그림자의 사나이를, 내가 어떻게 껴안을 수 있단 말인가? 내가 어떻게 내 머리를 그의 어깨에, 저 흰 벽 위의 반점에 지나지 않는 어깨에 얹고서 편히 쉴 수 있단 말인가?

나는 잠을 설쳤고, 밤마다 일삼아 비디오를 보기 시작했다.

차를 추적하는 소음과 질주하는 말들의 발굽 소리로, 콩 볶듯 총알이 핑핑 튀어나가는 총성으로, 나를 질식시킬 것만 같은 망상의 메아리를 내쫓기 위해서였다. 연구서에 몰입한 때도 더러 있긴 했으나, 이런 작업은 결국은 루이 16세라는 우회를 통해 왜 나만 전쟁에서 살아남고 필립은 그러지 못했느냐는 심문으로 나를 몰아갔다.

무엇으로부터 나 자신의 생존과 필립의 죽음에 대한 필연성을 추출해내야 하는가? 나의 미래에서 필연성은 무엇인가? 내 존재의 우연성을 어떻게 받아들여야 하는가?

직업의 규칙성과 가정의 안정이 그런대로 나를 지탱해주었다. 또 학교 주소로 열애의 편지를 주고받던 폴린에게도 나는 필사적으로 매달려 있었다. 나는 기계처럼 단조로운 나날을 보내고 있었다. 길을 나설 때면 선글라스로 눈을 찔러대는 햇살을 막았고, 일체의 모임을 외면했으며, 기진맥진한 채로 여름 방학을 맞았다. 내가 여느 때와 같이 방학 첫날 밤도 꼬박 새우고 말았기에, 미커는 내게 제발 연구서를 마치기를, 그리고 자멸적인 행동을 반성하기를 간곡하게 애원했으며, 그 결에 나는 또다시 국립도서관의 고문서관을 방문해도 좋을 정당한 구실을 얻었다.

파리로 떠나기 며칠 전, 연구서를 완성하리라는 생각이 내게 새로이 거짓된 용기를 불어넣어준 후, 폴린이 암스테르담에 도착했다. 나는 그녀와의 밀회를 즐겼고, 어느덧 육 개월이라는 세월이 흘러버린 그 춥디추웠던 크리스마스의 격정을 다시금 음미했다. 그동안 서로 오래 못 보았음에도 불구하고 우리 관계가 소원해지지 않았다는 게 새삼 놀라웠다. 편지 왕래가 오히려 서로의 애틋한 감정을 더욱 부채질해준 듯했다. 우리는 함께 프랑스로 향했다. 나는 파리로, 그녀는 콩피에뉴에 사는 그녀의 부모에게로. 그리고 나는 필립을 찾아 나섰다.

제8장

 기차가 앓는 소리를 내며 정차했다. 나는 선반에서 트렁크를 내려 객실을 나섰다. 배낭을 질질 끌거나 묵직한 트렁크를 들고 지친 얼굴을 한 여행객 수백 명이 빠져나와 플랫폼은 인산인해를 이루었다. 그 물결에 떠밀려 나가도록 나는 기꺼이 몸을 맡겼다. 이 역 특유의 먼지, 쓰레기, 기름 등의 냄새가 뒤섞인 악취가 즉각 내 후각을 자극했다.
 역 건물 밖으로 나가자 갑자기 태양이 나의 눈에 불을 내뿜었다. 현기증이 가시기를 기다리며 눈을 감은 채 벽에 기대고 있는 동안 도시의 소음에 귀를 기울였다. 가속도가 붙은 자동차들, 질질 신발 끄는 소리, 옷 스치는 소리, 수백만 단어들의 아우성. 머릿속의 파도가 쓸려 나가자 나는 눈을 뜨고 내 속눈

썹 사이로 분주한 역 광장을 관망했다. 그저 관망하는 것 외에는 다른 어떤 것도 감당해낼 여력이 없었다. 숨을 죽이고, 빠짐없이 샅샅이 관망하는 것 외에는. 번들거리는 차들이 커브를 돌아 거리로 빠져나가면서, 뒷유리에 반사된 햇볕을 내 눈에 쏘아댔다. 하복 차림의 경찰 두 명. 지나치게 헐렁한 빨간 상의를 입은 노인네. 부산스럽게 손짓 발짓을 해가면서 되바라진 목소리로 웃는, 철없이 덜렁대는 청년 셋. 모자가 달린 얼룩덜룩한 망토를 걸친 흑인. 줄무늬 바지에 하늘색 와이셔츠를 입은 땀방울이 송골송골한 미국인. 택시 지붕 위의 흔들리는 안테나. 보도 위에 널린 말라비틀어진 오렌지 껍질들. 신문 파는 상인의 까맣게 그을린 손들. 배낭 위에 놓인 하얗고 작은 에나멜 컵. 운전사의 땀에 젖은 등에 배인 커다란 얼룩. 위로 접어 올려 옷핀으로 고정된 불구자의 한쪽 가랑이. 광장 전체가 나를 향해서 알아들을 수 없는 뭔가를 고함쳤고, 동상마다 제 나름대로의 의미를 큰 소리로 부르짖었으나 무슨 뜻인지 도무지 파악할 길이 없었다. 나는 체념한 채 절음발이 남자를, 두 명의 경찰을, 모자 달린 노랗고 파란 망토를 걸친 흑인을 멍하니 바라보았다. 내가 만약 그들의 의미가 무엇이며, 내가 그들을 관찰하고 있는 이유를 규명하는 데 성공하지 못한다면, 나는 무의미한 존재로 남을 것이었다. 고작 황량한 거리에 드리워진 그림자에 불과할 것이었다.

　나는 택시를 타고 바스티유 광장으로 향했다. 택시는 잽싸게 불바르드마젠타로 진입했고, 차바퀴가 매끌매끌하게 닳은 도로 위를 굴러갔다. 나는 내 눈의 유리창 뒤에 앉아서 서로 포옹하고, 대화를 주고받고, 집 안으로 사라지는 길 위의 뭇 사람들을 물끄러미 내다보았다. 내가 어떻게 내 눈의 유리창을 빠져나가 저들과 섞일 수 있을까? 그저 행인의 발걸음이라면 누구의 것이든 상관없이 배워서 익히고 싶었다. 마젠타 대로의 가로수가 깔아준 그림자 위를 성큼성큼 걷고 싶었다. 지나가는 진열장 유리창들에 비친 나의 반영(反影)이 내게 일말의 위로를 가져다줄 것만 같았다.

　나는 상체를 쿠션에 기대고 뒤로 젖혀 앉은 채 도로를 따라 빠르게 스쳐 지나가는 건물의 정면들, 거리에 군데군데 고인 햇볕들, 닫힌 해 가리개, 내려진 회전 덧문들을 바라다보았다.

에필로그

 회청색 하늘에서 탐스러운 눈송이들이 소용돌이치며 떨어지고 있었다. 눈이 창유리에 엉겨 붙고 시야를 가려 하얀 전경이 잘 보이지 않았다. 급작스레 꺾이는 구불구불한, 어둠 속에 묻히고 말 것만 같은 좁은 골목길들을 따라 하얀 언덕이 어렴풋 놓여 있었다. 운전사가 히터를 켜 유리를 덥히자 얼마 후, 뒷유리를 담요처럼 덮고 있던 눈들이 스르르 차체 위로 미끄러져 내렸다. 우리 앞 먼발치에서 제설차가 모래를 뿌리며 달리고 있었다. 간간이 언덕바지 위에서 빙빙 돌거나 저 멀리 한 무더기의 새하얀 나무에 반사되는 주홍색 비상등이 언뜻언뜻 시야를 스쳤다. 택시의 헤드라이트는 직선 궤도를 타고 지구로 떨어지고 있는 눈송이를 겨냥하듯 비추었다. 앞유리의 와이퍼는 분투하듯 겨우겨우 창을 닦아내고 있었다. 와이퍼가 닿지 않는 앞유리 가장자리 부분에 눈이 수북하게 쌓여 있었다. 타이어가 축축한 길바닥을 밟으며 들리는 소음이 윙윙 히터 돌아가는 소리 위로 치솟아 올랐다. 운전사는 온 신경을 곤두세워 전방을 주시했다. 갓 스무 살쯤 되어 보이는 청년이었다. 덜커덩덜커덩 두 번의 짤막한 충격과 함께 핸들을 돌린 후, 그의 양손이 파란 융단으로 덮개를 씌운 핸들을 다부지게 움켜쥐었다. 그는 귀 덮개가 머리 양쪽으로 치렁치렁 늘어진 빨간 모자를 쓰고 있었다. 그가 레사블돌론 역 앞에서 손님과 계산을 치르고 있을 때, 내가 그에게로 성큼 다가갔다. 우연찮게도 그가 막 출발해서 온 자르쉬르메르까지 나를 사십 프랑에 데려다주는 길이었다. 택시가 언덕 위에 올라 완만한 커브를 도는 순간 나는 오른쪽에 펼쳐진 무한대 공간 속을 내려다보았다.

"저기 바다가 보이네요." 젊은 운전사가 오른쪽으로 살짝 고개를 돌리며 말문을 열었다. "대서양이죠. 날씨가 좋을 때는 저 앞에 놓인 일드레 섬이 보인답니다."

두 개의 어슴푸레한 표면 사이의 모호한 경계가 지평선을 알려주었다. 나는 모래사장을 보려고 했으나, 널찍한 길이 언덕의 밑부분을 감추고 있었다. 백미러로 나를 응시하고 있는 운전사의 한쪽 눈과 시선이 마주쳤다. 그러고는 그의 오른손이 운전대에서 푼더분한 스웨이드 가죽 점퍼의 주머니 속으로 꽂혀 들어가 골루아즈 담뱃갑과 라이터를 낚아 올렸고, 길에서 한시도 눈을 떼지 않은 채 그걸 자기 옆으로 들어 올렸다.

"담배에 불을 좀 붙여주셨으면 고맙겠는데, 해주시겠어요?" 그가 부탁했다. "직접 붙이기가 지금 좀 뭐해서요."

"그러죠."

나는 담뱃갑과 성냥을 받아 들고서, 담배에 불을 붙였다. 그러고는 담배 연기를 길게 빨아들인 다음 상체를 앞으로 굽혀 담배를 그에게 건넸다.

"고맙습니다." 그가 말했다.

내가 고개를 약간 들어 연기를 내뿜었을 때, 깜빡 윙크를 보내는 그의 한쪽 눈이 거울에 비쳤다.

"오늘 운수 대통했어요." 그가 말했다. "레사블까지 장거리를 뛰는 게 그리 흔한 일은 아니거든요. 더구나 대개는 빈 차로 돌아가기 일쑤고요. 그런데 오늘은 손님 덕분에 돌아가는 길에도 쏠쏠한 재미를 보게 됐어요."

거울 속의 눈이 잠시 날 지켜보고 있었다. 나는 미소를 보냈다.

"자르쉬르메르 출신인가요?" 내가 물었다.

"그러니까 거기서 산 지도 벌써 십 년쯤 되었네요. 원래 고향은 라로셸이에요. 아버지가 자르에 있는 어떤 차고를 인수하시는 바람에 그리로 이사 가게 됐죠."

"도시가 얼마나 큰가요?"

그가 피식 웃었다.

"제가 알기로는, 주민 수가 겨우 천 명 넘을까 말까 해요. 자칫 제때 브레이크를 밟지 않으면, 거기 그런 데가 있다는 걸 미처 눈으로 보기도 전에 지나치고 말 겁니다."

이야기를 하면서 그가 서서히 내뿜는 담배 연기가 그의 말들을 그려 보이는 듯했다. 급한 커브를 돌면서 그가 속도를 줄였다. 헤드라이트 빛발이 눈 덮인 들판 위로 초점을 돌렸고, 저만치 앙상한 나뭇가지들 사이에 있는 시내버스의 부서진 잔해를 드러내 보였다.

"자르에 산 지 일고여덟 달밖에 안 되는 어떤 분을 만나러 가는 길이죠. 리옹에서 왔는데, 혹시 알고 있을지도 모르겠군요. 직업은 엔지니어고, 폴 멘델이라고 하는 분인데. 드루당구 가에서 살고 있다던데."

그는 담배를 입술 사이에 물고 있었고, 뭉게뭉게 피어오르는 연기 속에서 거울 속의 눈꺼풀이 경미하게 경련을 일으켰다.

"그분이라면 물론 알다마다요." 그가 대꾸했다. "옛날 당구 호텔이었던 큰 저택에서 살고 계시는걸요."

그의 한쪽 눈이 내 얼굴을 찾더니, 유심히 살폈다. 그러나 그는 곧 눈길을 옮겨서 내리는 눈발에 고정시켰다.

"친척 되세요?" 그가 물었다. "그분하고 꽤 많이 닮으셨어요. 콧수염만 없었더라면 십중팔구 손님을 그분으로 착각할 뻔했거든요."

"제 형님입니다."

"그럼 형님을 찾아가는 길이세요?"

"네, 오랫동안 형님을 보지 못한 형편이라서. 그분을 잘 아세요?"

"아뇨, 뭐 그렇게 잘 아는 사이는 아니고요. 서너 번 술집에서 만나 뵌 적이 있고, 또 요 근래 어떤 결혼식에서도 뵀고요. 그런데 주변 사람들과는 상당히 거리를 두시는 것 같은 인상이었어요. 이곳 사정에 앞으로 좀더 익숙해지셔야 하겠지요."

"그분 요즘은 무슨 일을 하고 있는지 아세요?"

"레사블에 있는 건축 회사에 근무하시는 걸로 아는데요."

택시는 제설차 가까이에 다가갔다. 주홍색 비상등이 우리 얼굴을 비추었다. 젊은이는 가속페달에서 힘을 빼고, 그렇게 삼십 미터 정도 떨어져서 얼마간 제설차 뒤를 따랐다. 그의 고개가 왼쪽으로 까닥거렸다.

"시간 있으시면, 푸아투 폐허는 꼭 구경하세요. 잘 보시면 저기 윤곽이 드러날 겁니다."

 내가 창밖을 내다보면서 허물어진 성벽을 찾고 있는데, 그가 키득키득 웃었다. 그가 내게로 휙 몸을 돌렸다.

 "물론 지금이야 아무것도 보일 턱이 없죠. 모든 게 눈 속에 파묻혀버렸으니까요."

 나는 고개를 끄떡였다.

 "자르는 큰 기대를 걸지 않는 게 좋을 거예요. 바다에 접한 콩알만 한 마을 하나 빼고는 구경거리라곤 눈을 씻고 찾아도 없으니까요."

 "드라그랑저라는 호텔에 방을 예약해뒀습니다."

 "당구 호텔이 파산해서 문을 닫은 뒤로는 드라그랑저가 자르에 남은 유일한 호텔이 되어버린 셈이죠. 호텔 주인이 제 아버지와 친한 친구세요."

 "그런데 알고 있을지도 모르겠는데…… 저, 혹시 그 폴 멘델 씨가 결혼은 하셨나요?"

 그는 주춤했고, 이 질문을 어떻게 받아들여야 할지 갈피를 잡지 못했다. 내 어쭙잖게 신중한 말투에 그가 어리둥절해했다. 그는 재떨이를 끌어내서 담배 끝에 길게 고드름처럼 매달린 재를 툭 털었다. 내리막길에 들어서 택시는 제설차에 바짝 접근했다. 젊은이는 브레이크를 밟았고, 흡사 한 발 한 발 내딛

듯이 살살 언덕을 내려갔다. 거울을 통해 나는 그의 한쪽 눈이 매초마다 주홍색으로 변하는 걸 지켜봤다.

"아뇨." 그가 말을 이었다. "그 저택에서 독신으로 사세요. 하지만 결혼하셨을 수도 있지요. 잘 모르겠어요. 서너 번 얘기를 나눠본 적이 있긴 해도, 그렇게 가까운 사이는 아니어서요."

그는 모자를 벗어 옆 빈자리에 내려놓았다. 그러고는 오른손으로 짧고 까만 곱슬머리 속을 헤집어 흩뜨린 다음 다시 융단 커버의 운전대를 거머쥐었다.

"그분, 그러니까 형님과, 오랫동안 서로 헤어져 있었나보죠?" 그가 물었다.

"네," 내가 말을 받았다. "아주 긴 세월을."

그가 알겠다는 고갯짓을 해 보였다.

"그러니까 오랫동안 헤어져 있다가 다시 만나는 셈이로군요?"

"그렇죠."

"당구가 이 년이나 비어 있었고, 그 뒤에 형님 분께서 이사를 오셨죠. 집을 개조하는 데만도 오 개월이 걸렸답니다."

"그럼 먼지 판에서 벗어난 지도 이제 겨우 몇 주일 되겠군요."

"그런 건 아니고요. 공사가 다 끝난 다음에야 거주하기 시작하셨어요."

"아, 그랬군요."

"그런데 손님 억양이 좀 낯선데," 그가 말꼬리를 물었고, 피식 웃음을 흘리면서 날 뒤돌아보았다. "어느 지방에서 오셨어요?"

"저, 어, 난 프랑스 사람이 아닙니다."

"아. 그럼 형님 분은요?"

"그분은 프랑스 국적일 겁니다, 내 추측으로는."

"그럼, 손님은 그럼 어디서 오셨나요?"

"네덜란드 사람입니다. 하지만 육 개월 전부터 파리에 살고 있지요."

그는 다시 고개를 끄덕끄덕했다. 마치 뭐 이해하고 자시고 할 건더기가 있기라도 한 양.

"형님 분과 요전에 마을 어떤 사람 결혼식에서 이야기를 나누었거든요. 승용차를 바꿀 계획이라면서 그분이 제게 말을 거셨어요. 오래된 데이에스형 19를 타고 다니고 있는데, 혹시 아버지 차고에 같은 형 21이나 아님 세이엑스형 중고차가 없느냐고 물어보시더라고요. 계속 시트로엥 제품을 선호한다고 하시면서요. 그런데 우리는 그때 마침 르노와 푸조밖에는 없었어요."

"매일 레사블까지 출퇴근하시나요?"

"네, 택시를 모는 도중에 그분과 마주칠 때도 더러 있습니다."

"몇 시쯤?"

"일곱시 십오분, 저녁 일곱시 반경에요. 그러니까 퇴근해서 집으로 돌아가는 시간이죠."

"주변 사람들과 상당히 거리를 두시는 편이라고 했지요?"

그는 자세를 고쳐 앉았고, 엉성하게 담배를 눌러 껐다. 점점 약해지는 듯한 눈발이 엔진 덮개 위를 어른어른 맴돌았다. 제설차가 모퉁이를 심하게 꺾어서 높은 담 뒤로 사라졌다. 담 위에 얼어붙은 눈송이들이 주홍색 불빛을 반사해주었다.

"그거야 뭐, 그렇게 곧이곧대로 받아들이시면 제 입장이 좀 곤란하고요. 시간상 마땅한 친구를 사귈 만한 기회가 아직 없으셨을 테니까요. 그러자면 몇 년은 잡아야 할 판이거든요. 제가 알기로는 다들 그분을 좋게 생각하고 있어요. 아주 친절한 분이거든요."

"왜 하필이면 자르쉬르메르에 와서 사시게 되었는지 모르겠군요."

"아닌 게 아니라 실은 저도 그 점을 좀 궁금하게 여겼죠."

그는 웃었다. 제설차가 다시 속력을 줄이는 택시 앞을 달리고 있었다.

"그래서 제가 그걸 그분께 여쭤봤거든요." 그가 말을 이었다. "그러자 손님 형님 분께서 대답하시길, 집에 그만 반해버리셨대요. 그거야 이해가 가고도 남죠. 얼마 전에 직장을 레사블로

에필로그 159

옮겼기 때문에 그 부근에 주택을 구하려고 하셨대요. 그간 엄청 많은 집들을 보러 다니다가 어느 날 자르에 있는 그 호텔과 딱 마주치셨대요. 그 자리에서 첫눈에 반해버렸다고 하시더라고요. 그래서 며칠 만에 곧바로 결단을 내리셨대요. 호텔 소유자는 디미트라데스라는 그리스 출신 갑부인데, 라로셸에서 레스토랑을 몇 개나 경영하고 있답니다. 하지만 호텔 경영에는 완전 문외한이었대요. 형님 분이 왜 그렇게 그 저택에서 살기를 원하셨는지 가서 보면 이해가 가실 겁니다. 정말 기막히게 멋들어진 빌라거든요. 듣기로는 그런 스타일을 유겐트 양식이라고 하는 것 같았어요."

"그런 식의 호텔 집에서 혼자 살기에는 너무 크지 않나요?"

"그야 그렇지요, 어마어마하게 크거든요. 하지만 원래부터 그 집에는 한 가족이 살았대요. 그냥 살림집이었다나요."

"우리가 지금 그 길로 지나가나요?"

"아뇨, 그건 마을의 반대편에 있어요, 라이기용으로 가는 길목에요. 원하시면 그리로 돌아서 가도록 하겠습니다."

"아뇨, 괜찮아요. 먼저 호텔로 가고 싶습니다."

"정 그러시다면."

여전히 눈이 우리를 뒤덮고 있었다. 밖은 별다른 변화가 없었다. 이따금 오른편에 경외심을 불러일으키는 해양의 심연이

눈에 들어왔고, 길 왼편에는 경사진 지평선이 눈발 뒤로 아른거렸다. 드문드문 외딴집의 불 밝힌 창문들이 설경 속에 송곳처럼 솟아났으며, 그 위로 엷게 채색된 연기 무더기가 굴뚝에서 뭉게뭉게 피어올랐다. 우리 반대 방향으로는 차 두 대만이 지나갔다. 이런 날씨에는 집 안에 들어앉아 있는 게 상책이었다.

"딱 한 번 저 네덜란드에 가봤습니다." 운전사가 운을 뗐다. "오 년 전. 그때만 해도 제가 아직 축구를 하던 시절이었어요. 아약스 산하의 아마추어협회에서 리그전을 주최했는데 우리 팀도 초청받았거든요. 그때 정말 대단한 경험을 한 셈이지요. 유럽 전체에서 몰려든 각양각색의 팀들이 끼리끼리 편을 지어 서로 겨루는 시합이었는데, 그때 자진해서 숙소를 제공해준 주민들이 아마 암스테르담의 반절은 됐을 거예요. 왜냐하면 그때 참가한 축구 선수들만 해도 분명 수백 명이 넘었으니까요. 전 다른 애들 두 명과 함께 어느 인도네시아 가정에서 합숙했지요. 암스테르담에 그렇게 인도네시아 출신들이 많이 사는 줄 몰랐어요. 그런데 리그전에서 우리 팀은 재수에 옴이 붙었지요, 제 기억에는 우리가 기껏 한 번 이겼던가 뭐 그 정도였으니까요. 그렇지만 도시는 진짜 기차더라고요. 저는 암스테르담이 파리보다 더 근사하다고 봐요."

틈틈이 그는 손짓을 섞었다. 그럴 때마다 그의 오른손이 운

에필로그 161

전대에서 미끄러져 나가 백미러 밑에서 열광적으로 춤을 추다가, 그의 목소리가 잠잠해지면 다시 운전대로 휙 날아가서 거기서 또 그렇게 움직임 없이 있었다.

"멘델 선생님, 선생님 생각은 어떠세요?" 그가 물었다. "비교하기로 치자면 선생님이 저보다 적임자가 아니겠어요?"

그렇다, 그에게는 당연히 내 성도 멘델이었다! 내 형이 그런 성을 가지고 있으므로 나 역시 같은 성으로 불릴 수밖에 없었다. 호텔에 가서 어떤 이름으로 숙박계를 작성해야 하나? 방은 벌써 필립 드 위트라는 이름으로 예약해둔 터였다. 나와 통화한 호텔 직원에게 내가 철자를 불러주었고, 그런 다음 그가 그걸 또박또박 반복해 확인하고 나서는, 말끝마다 매번 어김없이 "네, 드 위트 님"을 붙였다. 마치 내가 그 이름의 임자라는 사실을 내게 단단히 못 박아두고 싶다는 양. 그러나 형의 성이 멘델이라면 나도 마땅히 그 성을 가지고 살아갈 의향이 있었다. 나는 꼭 드 위트라는 성을 고집할 이유가 없었다. 폴 멘델은 내가 추적한 사람 중에 세번째로 나를 빼닮은 사람이었다. 마르셀 그로프와 쥘 리슈르, 내가 어딘가 가서 (유태인사회봉사협회라든지 파리에서 여전히 번성하고 있는 행방불명된 유태인 가족 수색 업체들에 가서) 내 얼굴을 내밀면서 형에 대한 조회를 의뢰할 때마다 번번이 이 두 이름이 나왔기 때문에 찾게 된 이 두 사람 외에, 파리에 사는 누군가가 내게 자기 어릴 적 친구에 대해 알려주었다. 나를 정말 빼다 박았다는 리옹에 사는 폴 멘델이라는 옛 친구를. 그가 옛날 사진을 내게 보여주었는데, 사진에는 일곱 살 때의 내가 서 있었다. 뿐만 아니라 나는 리옹에서 두 번이나 인사를 받기도 했었다. "여봐, 폴, 요즘 재미가 어때?" 하는 식의 나에게가 아니라 폴 멘델에게 하는 인사말을. 잇달아 그가 유태인 가정에서 자랐다는 사실도 알게 되었다. 모든 면에서, 마르셀과 쥘의 경우와 마찬가지로, 그가 내 형이 틀림없다는 물적 증거였다. 내 이론은 사뭇 단순했다. 우리가 태어난 직후, 우리는 각기 다른 은신처로 보내졌다. 그러나 나와는 반대로 그는 밀고당했고, 베스터보르크로 운송되었고, **신원불명** 아이의 목록에 올랐다. 베스터보르크에 남아 있던 부모 없는 아이들 중의 한 명으로서, 1944년 9월 6일자 마지막 수송차에 실려 그는 베르겐벨젠 수용소로 연행되었다. 거기서 그를 불쌍히 여긴 어떤 프랑스인의 보살핌을 받았다. 그 프랑스인이 곧 맨 처음에는 그로프, 그다음 리슈르, 또 그다음 멘델이라는 이름으로 불리는 사람이었다. 그리고 형은 **신원불명** 아이의 목록에는 하나의 번호에 지나지 않았던 실정이었다. 그의 성은 드 위트이자 멘델이기도 했다. 그의 이름은 폴이자 필립이기도 했다.

"그 점에 대해서 어떻게 생각하세요?" 팔팔하게 젊은 운전사가 재촉했다. "물론 프랑스 사람들은 이구동성으로 파리가 더 아름답다고들 하지만, 제가 보기엔 솔직히 말하면, 다들 암스테르담을 파리보다 더 매력 있는 도시로 칠 거라 생각해요."

거울 속의 한쪽 눈이 대답을 요구하는 듯 날 주목했다.

"폴 멘델 씨가 날 닮았다고 한 말 진심인가요?" 내가 대뜸 물었다.

그는 다시금 자기의 더부룩한 머리를 훑어내리더니, 내게 미심쩍다는 눈초리를 던졌다.

"무슨 뜻이신지……"

"말 그대로. 내가 폴 형을 닮았다고 생각해요?"

그는 허리를 꼿꼿이 세워 앉았고, 운전대를 움켜쥐었다.

"그렇다고 봐요."

"확신해요?"

그는 어깨를 으쓱 올려 보였다.

"지금 당장 그렇게 딱 잘라 말하긴 힘들고요. 그러려면 아무래도 먼저 한가하게 손님을 좀 잘 살펴봐야 할 것 같은데요."

"그럼 차를 세우고 날 차분히 봐주세요."

그는 당혹스러운 듯 고개를 설레설레 내저었다.

"아니, 여기 이런 눈길을 달리다 말고 뜬금없이 차를 세울 순

없어요!"

"안 되긴 왜 안 됩니까? 차를 세워주세요!"

"손님이 다 책임지시겠습니까?"

"과장하지 말아요. 여기 세워요!"

"이 커브 길에선 정말 세울 수 없다니까요!"

"명령이오, 당장 브레이크를 밟아요. 어서!"

차는 속도가 줄어들자 천천히 멈추었다.

제설차는 우리 전방에서 사라지고 없었다. 눈은 어느새 그쳐 있었고, 와이퍼는 뽀드득뽀드득 소리를 내며 유리 위를 닦아내고 있었다. 청년은 움직임 없이 앞만 바라보고 있었고, 거울 속에 비치는 그의 눈에는 초조한 기색이 역력했다.

"자 그럼," 내가 요구했다. "날 차분히 좀 살펴보도록 하세요."

그는 고개를 약간 비틀어 내게로 향했다. 그는 예상대로 아직 새파란 청년이었고, 짐작건대 운전면허증을 딴 지도 얼마 되지 않은 성싶었다. 이 상황에 어떻게 대처해야 할지 갈피를 잡지 못한 그에게 씁쓸한 미소가 떠올랐다.

"이런 식으로 폐를 끼쳐 죄송합니다," 내가 사과의 말로 운을 뗐다. "하지만 이건 내게 중대한 일이랍니다. 내가 폴 멘델 씨하고 닮았습니까?"

청년의 시선이 완전히 나를 벗어나 저기 오르막길을 달리는 제설차를 갈망하는 눈초리로 바라다봤다. 비상등이 아직 약하게나마 그의 얼굴과 김이 모락모락 오르는 엔진 덮개에 반사되었다.

"잘 모르겠어요." 그가 나직하게 웅얼댔다.

나는 상체를 앞으로 굽히고 차내 조명등을 켰다.

"자, 내 얼굴을 좀 자세히 들여다보세요," 내가 말했다. "내 눈을, 이마를, 턱의 선을, 입 모양을, 코를 봐주세요. 내가 그분과 닮았나요? 하나하나 찬찬히 뜯어봐주세요. 그분을 내 쌍둥이 형이라고 할 수 있겠어요?"

청년은 나를 향해 고개를 반쯤 돌렸다. 그의 공포에 찬 눈이 내 정색한 얼굴 위를 더듬거렸다. 그의 불안한 숨소리가 내 귀청을 울렸고, 내가 그의 눈에 정신병자로 보인다는 점이 충분히 이해가 갔다.

"어떻습니까?"

그는 눈을 아래로 깔았다.

"자, 마음 놓고 한번 말해보세요."

"네, 손님하고 닮았네요."

"솔직하게 말해주세요, 제발. 지금 그 말은 진심입니까?"

나는 그의 옆자리 위로 몸을 기울이고서 지도를 읽는 데 쓰는 그 인색하기 그지없는 불빛에 내 얼굴을 갖다 대고 내가 그러는 동안 그에게서 근심 어린 한숨 소리가 새어 나오는 걸 들었다. 그가 고개를 살살 내저었다.

"손님이 그분하고 비슷한 데는 있어요. 하지만 달라요. 쌍둥이라고는 못 해요. 아닙니다."

"확신해요?"

"네."

그는 고개를 끄덕이고 겁먹은 곁눈질로 나를 힐끗 훔쳐봤다. 나는 그의 왼손이 차 문손잡이 위에 얹혀 있는 걸 발견했다.

"그럼 그 말을 믿도록 하지요." 내가 대꾸했다.

그의 목울대가 떨렸다. 그는 고개를 끄덕거렸다.

"믿으셔도 됩니다." 그가 말을 받았다.

"내가 그분하고 똑같지는 않죠?"

"네, 쌍둥이는 아니에요." 그가 떨리는 목청으로 선언했다.

나는 상체를 뒤로 기울여 앉았다. 엔진이 부르릉부르릉 헛돌고 있었다.

"날 다시 레사블로 데려다줄 수 있습니까?" 내가 물었다.

"원하신다면요."

"그렇게 좀 해주세요. 요금은 배로 드릴 테니."

"그러실 필요 없습니다."

"그렇게 드리겠습니다. 여기서 차를 돌릴 수 있겠어요?"

그가 고개를 끄덕였다.

"갑자기 번거롭게 소란을 피워 미안합니다."

"아이고, 천만에요." 그가 대답했다.

그는 왼쪽으로 핸들을 급하게 꺾고, 오른쪽으로 후진을 하고, 연이어 미끄러지는 타이어와 함께 행로를 돌려 출발했다. 와이퍼가 마른 유리 위에서 삐거덕삐거덕 소리를 냈다. 계기판의 눈금들이 파란빛을 발하고, 속도계 바늘이 이내 백으로 올라갔다. 그는 구불구불한 커브 길에서도 속력을 줄이지 않는 듯했다. 나는 뒷좌석에 퍼더앉아 하얀 설경을 보며 눈요기를 했다. 눈이 천지를 뒤덮고 있었다. 들판도, 나무도, 길가의 풀들도 눈에 뒤덮여 있었다. 언덕은 이제 돌연 형광체처럼 보였다. 나는 그제야 처음으로 장애물 없이 경치를 감상했으며, 설경은 어둑한 허공에 대고 빛을 발해주었다. 언덕은 완만한 경사를 이루고 있었다.

나는 눈을 감고 바스티유 광장의 사진을 눈앞에 떠올렸다. 한가운데 폴린이 서 있고, 왼쪽에는 형, 오른쪽 배후에는 프랑스혁명에 환성을 보내는 천사로 장식된 원기둥. 내가 이 사진을 찍은 지 정확히 일 년이라는 시간이 흘러 있었다. 영겁의 세월.

나는 머릿속으로 사진들을 하나하나 치밀하게 점검했고, 생각하면 할수록 거기 서 있던 사람이 혹시 나 자신이 아니었던가 하는 의문의 목소리가 점점 더 커져갔다. 거기 그 볼썽사나운 광장 위의 폴린 뒤에 있는 나. 나와 젊은 아가씨 사진을 좀 찍어달라고 내가 지나가는 행인에게 부탁했고, 그런 다음 내가 얼른 폴린 뒤로 가서 몇 미터 간격을 두고 서지 않았던가? 웬 낯모를 사진사에게 미소를 보내면서, 내가 아니었던 그러나 내가 간절히 되고 싶었던 그 모든 것에 대해 눈물지으면서, 거기 서 있던 사람이 바로 나 자신이 아니었던가?

| 작품 해설 |

공허하고 스산한 기억 속으로의 여행

"내 초기작들에는 유태인이 전혀 등장하지 않았다. 내가 스물여덟 살이 되던 1982년, 그러니까 전쟁이 시작된 해의 내 아버지 나이와 내가 동갑이 되던 그해, 나는 생각에 잠겼다. 나는 그때 과연 어떤 행동을 취했을까, 나는 뭘 알고 있었으며, 뭘 봤으며, 얼마나 공포에 떨었으며, 또 어떻게 전쟁에서 살아남을 수 있었을까? 등등에 대해서. 그해 1982년은 내 인생에 획기적인 순간이었다. 그 후 사 년 동안 『카플란』을 출간할 때까지 나는 한 글자도 쓰지 못했다."

소설가이자 텔레비전 영화 제작자, 연극 연출가, 독일 문학 비평가 그리고 일간지와 잡지의 칼럼니스트 등등 다방면에서 두각을 드러내고 있는 레온 드 빈터의 홈페이지(www.leon-dewinter.nl)에 올라 있는 인터뷰 한 대목이다. 그의 다른 작품들과 마찬가지로 『바스티유 광장』(1981) 역시 홀로코스트가 그 근저를 이루고 있음에도 불구하고, 작가는 유태인으로서 자신의 정체성에 대한 의식을 이 작품 이후에야 본격적으로 반영한 듯 밝히고 있다. 이것은 홀로코스트를 미끼 삼아 활동하는 작가라는 일각의 신랄한 비난에 대한 작가의 충동적인 변론인 것일까? 아니면 그의 많은 작중인물들이 그렇듯이 작가 특유의 착란적인 일모를 드러내는 실례로 보아야 할까? 아니면 이 발언 자체를 현실에 대한 불신과 혼란을 유포하려는 포스트모더니즘적인 문학적 유희로 받아들여야 할까?

레온 드 빈터는 1954년 네덜란드 남동부 도시 덴 보스의 전통적인 유태교 집안에서 태어났다. 기독교계 중고등학교를 졸업하고 나서 1974년 암스테르담 필름아카데미로 유학하면서부터 소속 대학의 학제를 비판하는 '운동파' 학생단체에서 두드러진 활약을 했다. 그는 1976년 첫 작품집 『현세의 공허에 대하여』를 발표하며 문단에 등장했고, 연이어 발표한 『젊은 뒤르러의 성장』(1978)으로 레이나 프린선 헤이를링 문학상을 수상했다. 그 후 『엘리언 W를 찾아서』(1981)와 『바스티유 광장』 등

80년대 초기 작들이 기존의 네덜란드 사실주의에 대한 파격적인 도전으로 평가받으면서 지성파 작가로서 명성을 굳히게 되었고, 90년대 이후로는 스릴러와 모험소설 같은 장르의 작품도 선보였다. 극적으로 흥미진진하면서도 탄탄한 구성을 보이는 그의 많은 작품이 작가 자신의 시나리오를 바탕으로 영화화 되었는가 하면 벨기에와 독일 등 유럽 전역에 폭넓은 독자층을 형성하고 있다. 『카플란』(1986) 『호프만의 허기』(1990) 『슈퍼텍스』(1991) 『지오노코』(1995) 『신의 체육관』(2002) 등과 같은 작품들이 세계 여러 나라에 소개되며 베스트셀러가 되었고, 최근 『귀향할 권리』(2008)를 발표했다.

레온 드 빈터는 네덜란드 문학잡지 〈드 리비조르〉를 중심으로 활동하는 포스트모더니즘 '신세대' 작가들을 대표하는 인물이다. 기존의 규제로부터 자유를 추구하면서 인류의 위기의식을 불러일으키는 반체제적 태도를 고수하는 동시에 무질서, 해체, 미로, 오독 등의 구성상의 특징을 보이는 포스트모더니스트들은 무엇보다도 현실을 있는 그대로 재현할 수 없다고 주장한다. 진실이란 언제나 화자(작가)에 의해 재구성되며 우리의 관찰력은 극히 주관적으로 제한되어 있고, 기억은 믿을 만한 출처가 되지 못한다고 생각하기 때문이다. 따라서 그들은 사실적인 이야기란 존재하지 않고 모든 게 사실에 대한 해석에 지나지 않기 때문에 '현실의 환영'을 창조하는 데 급급했던 전시대 작가들에게 저항한다. 예전에는 작가들이 자신의 작품과 등장인물의 창조자인 양 행세했으나, 실은 과거의 글들을 의식적 또는 무의식적으로 모사하고 편집한 것이므로 작가적인 창조성이란 허구에 지나지 않는다는 것이다. 따라서 그들은 작품을 통해 창조는 단지 하나의 개별적인 재구성에 불과함을 노골적으로 밝힐 뿐만 아니라, 작품 안에 문학, 역사, 철학 이론 심지어는 언어학적인 기술 등을 총동원하곤 한다.

레온 드 빈터의 작품은 전반적으로 이러한 포스트모더니즘의 이론과 특성에 부합한다. 그는 '현실의 재구성'에 초점을 맞춰 유명한 고전을 다시 쓰거나 서술 시점의 다양화로 인한 자아의 분열, 파편화된 이야기의 나열 등을 통해 문학적 실험을 감행한다. 구체적인 예로 작가의 괄호 사용을 지적할 수 있다. (1인칭 또는 3인칭) 화자는 괄호를 통해 독자들에게 엑스트라 또는 사이드 정보를 제공하는데, 이처럼 추가된 정보들은 자세히 살펴보면 별다른 의미를 담고 있지 않거나 심지어는 원문과 상반되는 대목들도 더러 있다. 그러나 이런 메타픽션의 서술은 현실을 오롯이 재현하지 못하는 언어의 한계성과 화자의 이야기가 하나의 재구성에 지나지 않음을 강조하기 위한 문학적 장

치이다. 또한 독자들에게 허구와 현실의 경계가 허물어짐을 보여주기 위한 의도이기도 하다.

레온 드 빈터의 작품의 특징은 대체로 심리주의의 경향을 보이면서 실존 문제, 특히 유태인으로서의 정체성 위기에 처한 주인공의 고뇌와 번민을 그리고 있다는 것이다. 그 주제도 십중팔구 주인공의 내면적 성찰을 구현하는 탐색 여행으로 함축된다. 자아의 탐색 여행은 누군가를 혹은 무언가를 탐색하는 구체성을 지니거나, 넓은 의미에서 역사적 진의라든지 삶의 궁극적인 의미 추구로까지 확장되기도 한다.

이 같은 주제가 전개되는 과정에서 예술, 문학에 관련된 '창조' 작업은 흔히 작중인물에게 삶의 허무와 무상함을 보완해주는 주요한 방어기제가 된다. 『바스티유 광장』의 주인공 파올 드 비트의 책 작업도 그런 맥락에서 이해할 수 있는데, 전혀 알려지지 않은 역사적 인물을 발굴하여 글을 쓰는 것이 꿈이었던 그는, 루이 16세의 도피 기도에 대한 역사 연구에 심혈을 기울이고 있다. 역사는 필연적인 사건이나 중대한 사실들이 아니라 우연과 무의미한 사건들로 이루어진다. 그런 사건들을 나열해놓고 일말의 논리적 인과관계를 엮어내는 역사란 실은 "존재하지 않으며 우리가 변해감에 따라 역사도 아울러 변천한다. 현재는 저저마다의 독자적인 과거를 지니고 있을 뿐이다". 그런 의미에서 역사 기록은 단편적이고 무상한 일상으로부터 하나의 신화를 창조하고자 하는 소설 쓰기와 공통점이 있다. 파올의 상상 속에 등장하는 쌍둥이 형의 모습도 그런 맥락에서 비롯한다. 그는 무(無)에서 쌍둥이 형의 실체를 축출해내며 실존하는 인물인 양 찾아 나선다. "어떤 사건도 발생한 적 없다는 듯이 공허하고 스산"하기만 한 바스티유 광장, 과거의 흔적을 느끼기 위해서는 상상에 기댈 수밖에 없는 바로 그 광장에서 그는 자기와 너무나 닮은 쌍둥이 형을 발견하기에 이른다.

『바스티유 광장』은 개별적이고도 독자적인 신화를 창조해가는 주인공 파올의 내면을 관찰하고 분석한 주지적 심리소설이다. 그 묘사 과정에서 역사적 사실, 기억의 간헐적 현상, 가설, 꿈, 욕구 등이 서로 얽혀 혼란을 자아냄과 동시에 파올은 점점 더 자기 세계로 침잠해간다.

두 자녀를 거느린 중산층 가정의 가장인 '나' 파올 드 비트는 중년의 문턱에 들어선 고등학교 역사 선생이다. 교직 생활에 대한 권태와 혐오, 결혼 생활에 대한 회의 속에서 그는 지적인 무력감과 시간적 공허감에 빠져든다. 이 같은 정신적 고갈상태는 전쟁고아로 자란 그의 정체성에서 비롯한다. 다른 가족은 다 죽고 자기만 살아남은 이유는 무엇일까? 필연성이 결여된 그의 생존은 단지 맹목적 우연에 불과하다. 아우슈비츠 강제수용소에서 사라진 부모에 대한 어떠한 기억도 간직하지 못한 그에게는 삶의 역사도 없다는 뜻이다. 역사 없이는 현재도 미래도 있을 수 없기에, 그는 더욱더 타인들의 회상과 기억에 의존하게 된다. 지극히 단편적이고 모호한 정보들을 모아 자기 과거를 만들어내어 인생의 빈구석을 메우지 않으면 안 되기 때문이다. 전혀 납득이 가지 않는 자신의 과거를 재구성하면서 뒤늦게야 알아낸 자신에게 쌍둥이 형 필립이 있었다는 새로운 사실로 그 핵심이 집결된다. 그 이후로 그는 충족시킬 수 없는 자신의 삶에 대한 기대와 욕구를 쌍둥이 형에게 투사하고 있었기 때문이다. 결국 형에 대한 강한 애착이 강박적으로 나타난 나머지 그는 형과 자신을 동일시하기에 이른다.

이처럼 자신을 타인과 동일화시키는 '도플갱어'의 내면에는 쌍둥이 형뿐만 아니라 그의 연인 폴린도 자기 분열의 한 현상으로 나타난다. 그녀는 그의 분신으로서 그를 위로해주고 그에게 선의의 비판을 가하는 인생의 길잡이, 다시 말해 그의 또 하나의 자아인 '초자아' 구실을 하고 있다. 따라서 그는 시오니스트인 그녀를 통해 자신의 정체를 재인식하고 내면적 고립감과 번민에서 어느 정도 헤어날 수 있다. 그러나 그건 미봉책에 불과하기에, 자기 연민과 갈등은 계속된다. 그의 심원에는 바스티유 광장에서 찍은 사진에 나오는 '나'의 복제가 언제나처럼 도사리고 있기에 그는 자신의 환영을 찾아 다시 파리로 떠나지 않으면 안 된다. 그러나 그게 과연 형 필립일까? 마침내 그는 자기가 그동안 찾아 헤맨 건 형이 아니라 바로 자기 자신이었음을 자각하기에 이른다.

그러나 물론 이 작품은 탈이념적인 포스트모더니즘 유의 열린 소설이라는 점에서 독자에게 해석의 선택권이 주어져 있다고도 하겠다.

2010년 1월

지명숙

지은이 **레온 드 빈터**
1954년 네덜란드 남동부 도시 덴 보스의 전통적인 유태교 집안에서 태어났다. 영화 제작자, 시나리오 작가, 프로듀서 등으로 활동하다 1976년 첫 작품집 『현세의 공허에 대하여』를 발표하며 문단에 데뷔했다. 1978년 『젊은 뒤르러의 성장』으로 레이나 프린선 헤이를링 문학상을 수상하면서 본격적으로 작품 활동을 시작했다. 주요 작품으로 『카플란』(1986) 『호프만의 허기』(1990) 『슈퍼텍스』(1991) 『지오노코』(1995) 『신의 체육관』(2002) 『귀향할 권리』(2008) 등이 있고, 벨트 문학상, 부버 로젠츠바이크 메달, 브라반트 문학상 등을 받았다.

옮긴이 **지명숙**
한국외대 네덜란드어과를 졸업하고 네덜란드 레이던 대학에서 19세기 네덜란드 문학 연구로 박사학위를 받았다. 현재 네덜란드 레이던 대학 한국학과 교수로 재직 중이다. 옮긴 책으로 『필립과 다른 사람들』 『막스 하벌라르』 『천국의 발견』 『늑대단』 등이 있으며, 저서로 『보물섬은 어디에―네덜란드 공문서를 통해 본 한국과의 만남』 등이 있다.

문학동네 세계문학
바스티유 광장

초판 인쇄 2010년 1월 15일 | 초판 발행 2010년 1월 25일

지은이 레온 드 빈터 | 옮긴이 지명숙 | 펴낸이 강병선
책임편집 강건모 이윤정 | 독자 모니터 이동은 | 저작권 김미정 한문숙
디자인 이경란 이원경 | 마케팅 정민호 이지현 김도윤 | 제작 안정숙 서동관 김애진

펴낸곳 (주)문학동네
출판등록 1993년 10월 22일 제406-2003-000045호
주소 413-756 경기도 파주시 교하읍 문발리 파주출판도시 513-8
전자우편 editor@munhak.com | 대표전화 031) 955-8888 | 팩스 031) 955-8855
문의전화 031) 955-3576(마케팅) 031) 955-2634(편집)
문학동네카페 http://cafe.naver.com/mhdn

ISBN 978-89-546-0808-4 03890

www.munhak.com